모든 것은 시간 속에 존재한다!

걱정마,
시간이
해결해
줄게야

걱정마, 시간이 해결해 줄 지야

아이작 유 지음

DAYEONBOOK

내게 시간을 가르쳐준 아버지와
사랑을 가르쳐준 어머니,
감사합니다.

할 일을 내일이나 모레로 미루지 말라.

_고대 그리스 문학가 헤시오도스

Prologue

걱정 마, 시간이 해결해줄 거야

나의 아버지는 충청도 한화 이글스의 골수팬이다. 개그맨 장동민의 "그까이꺼 대~ 충~"의 개그처럼 아버지는 "너무 조급해하지 마. 너무 신경 쓰지 마. 그까짓 것 시간 지나면 시간이 알아서 해결혀" 하는 말을 정말 자주 하셨다. 어린 시절 나는 아버지의 이 말을 정말 무책임하고 무능력한 말로 치부해버렸다. 하지만 한 해 한 해 살아가며 다양한 경험을 쌓다 보니, 아버지의 말 "시간이 알아서 해결해줄 거야"가 능력 있는 말로 받아들여졌다. 일이 잘 안되어 조급함과 초조함 속에 괴로워해도 때가 지나면 자연스럽게 해결되는 것을 많이 경험했다. 씨앗을 심으면 일정 시간 이후 꽃이 피어나듯, 가을 야구와는 전혀 상관없어 보였던 한화 이글스도 11년 지나니 가을 야구를 하게 되듯, 시간이 지나면 자연스레 해결되고 회복된다.

　나는 시간의 흐름을 여유 있게 통찰하며 사는 사람들이 좋다. 그들에게서 아버지의 향기가 나기 때문이다. 나는 시간의 흐름을 아는 그들이 지혜롭다고 생각한다. 그런 사람들을 성장하면서 많이 만났던 건 정말로 운이 좋았다고 생각한다. 그들은 나의 멘토이고 나의 롤모델이었다.

　그들은 급할 때와 여유 부릴 때를 알았고 즐길 때와 즐기지 않을 때를 알았다. 그들은 힘을 써야 할 때와 아낄 때를 알았다. 그들은 기다릴 줄 알았고 최적의 기회를 포착할 줄 알았다. 그들은 투자해야 할 때와 기다려야 할 때를 알았다. 심지어 그들은 최고의 투자를 위해 10년 주기로 오는 최적의 때를 기다려 500%, 1000%의 이익을 내는 것을 보여주기도 했다.

　나는 선천적으로 성격이 급한 만큼, 직장생활에서 뭔가 보여줘야 한다는 압박을 느끼곤 했다. 그런 나에게 지혜로

운 사람들은 내 마음을 차분하게 가라앉혀주었고 상황에
흔들리지 않도록 도와주었다. 또한 그들은 내게 최고의 때
는 아직 오지 않았다고, 무엇을 준비해야 할지 넌지시 힌트
를 주었다.

"걱정 마! 시간이 해결해줄 거야!"

그들이 나에게 공통적으로 했던 말이다. 나는 이 말이 참
이라고 믿는다. 믿음이란 무엇일까? 나는 믿음이란 종교적
이거나 미신적인 개념이 아니라고 생각한다. 믿음이란 밑
에서 움이 트는 걸 아는 것이다. 추운 겨울이 지나고 봄이
오면 밑에서, 즉 흙에서 자연스럽게 움이 트는 걸 당연히
아는 것이다. 요컨대 믿음이란 시간이 지나면 일이 이루어
진다는 것, 일이 해결된다는 걸 강하게 아는 것이다.

시간의 흐름에 대한 통찰력을 가지고 있는 사람들은 '믿음'을 가진 사람들이다. 그들은 '믿음'의 토대 위에서 흔들리지 않으며 꿋꿋이 그 '믿음'을 살아낸다. 그리고 시간이 해결해주는 것을 경험한다.

인간은 살면서 반복되는 일들을 경험한다. 반복되는 일들은 강렬한 기억으로 자리 잡힌다. 사람들은 그 반복되는 일들을 떠올리며 그것들이 특정한 주기를 가지고 반복됨을 깨닫는다.

이렇게 시간의 주기를 이해한 사람들은 미래를 계획하기 시작했고, 그 결과 현재를 더욱더 유의미하게 보낼 수 있었다. 그리고 그들은 시간에 대한 놀라운 지혜들을 연이어 다음 세대에 물려주었다. 나는 그동안 이런 지혜들이 늘 궁금했고 그것들을 찾고자 노력해왔다.

한편, 우리는 타인의 시간에 대해서는 돈까지 지불할 정
도로 소중히 여긴다. 누군가가 시간을 내서 우리를 만날 수
있도록 비싼 초청비를 지불하기도 한다. 또한 배송 및 서비
스 이용 날짜를 며칠 더 앞당기도록 만드는 기업의 노력과
시간에 대해서 몇만 원 내지 수십만 원을 지불하기도 한다.

하지만 정작 자신의 시간에 대해선 한없이 관대하게 구
는 성향이 있다. 자신의 시간이 얼마나 소중한지에 대해 자
주 망각하며, 소중한 시간을 전혀 중요하지 않은 무가치한
일들과 교환하기 일쑤다. 하지만 시간은 비가역적이다. 한
번 지나가면 돌이킬 수 없다.

벤저민 프랭클린은 말했다.
"당신은 인생을 사랑하는가? 그렇다면 시간을 낭비하지
말라. 시간은 인생을 구성하는 재료이기 때문이다."

시간을 제대로 활용하기 위해서 그리고 시간이 우리의 문제를 해결해주도록 하기 위해서는 시간의 비가역성과 반복성을 제대로 이해해야 한다. 이 두 가지 시간의 본질을 잘 이해하고 있을 때, 1초라는 작은 시간에서부터, 1년, 10년, 우리의 평생, 더 나아가 다음 세대에 이르기까지 시간의 흐름을 꿰뚫고 지혜롭게 삶을 살아갈 수 있을 것이다.

아이작 유

Contents

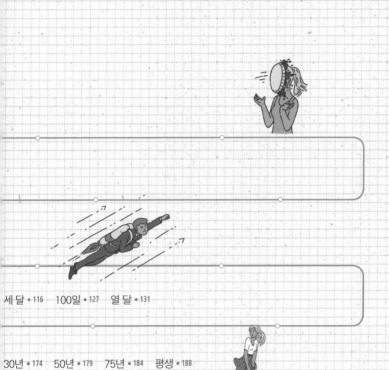

[Second]

1초

시간의 중요성을 깨닫기 위해서 '1초'보다 좋은 것은 없다고 생각한다. 당신이 평소에는 전혀 의식하지 못하다가 숫자 카운트다운할 때나 의식하게 되는 시간 1초, 이 시간 동안에 우리의 세상에는 무슨 일이 일어나고 있을까?

1초 동안 전 세계에 네 명의 천사 같은 아이가 태어나고 두 명의 소중한 사람이 죽는다. 1초 동안 세 명 중 한 명은 굶어 죽고 여섯 명 중 한 명이 에이즈에 걸린다. 1초 동안, 2,500,000개의 이메일이 보내지고 500,000개의 페이스북 라이크가 눌러지며 3,000,000개의 구글 검색이 이뤄진다. 1초 동안 10,000개의 코카콜라 캔, 그리고 80개의 맥도날드 햄버거가 소비된다. 1초 동안 미국에서만 1톤의 음식물 쓰레기가 만들어진다. 1초 동안 빌 게이츠는 250달러를 벌고 나이키는 600달러를 번다. 반면 베트남에 있는 나이키 공장 직원은 0.000025달러를 번다.

1초마다 미국 전체의 부채는 50,000달러나 증가하고 전 세계 군사력 유지를 위해 1,800,000달러나 사용된다. 1초마다 우주는 15킬로미터 정도 팽창하며 우리의 지구는 30킬로미터 궤도를 움직인다. 1초 동안 태양과도 같은 4,000개의 별들이 태어난다. 1초 동안 꿀벌은 230번 날갯짓을 하며 세상에서 가장 빠른 달팽이가 1센티미터 움직인다. 3,160톤의 물이 나이아가라폭포에서 떨어지며 16,000,000리터의 물이 증발된다.[1]

눈을 감고 바로 지금 이 순간, 많은 일이 매초마다 일어나고 있다 상상해보자. 되도록 생생하게 상상해보자.

이제 1초는 당신에게 새롭게 다가올 것이다.

시간은 누구에게나 공평하게 주어진다. 하지만 시간은 사람에 따라서 상대적으로 느껴진다. 어떤 사람에게 1초는 정말로 버리고 싶은 무의미한 시간이지만, 어떤 사람에게는 온 힘을 다해 버티고 살아내고 싸워야 하는 시간이다.

영화 〈인터스텔라〉에서 주인공 쿠퍼가 우주여행을 마치고 지구에 귀환하니 자신의 딸 머피는 할머니가 되어 있었다. 쿠퍼가 중력이 매우 큰 행성에 오래 있었기 때문이다. 중력이 크면 클수록 우주의 시공간이 더 휘어진다. 빛의 속도는 일정하기에 결국 더 휘어진 시공간을 지나기 위해서는 같은 시간에 더 많은 거리를 움직여야 하고 반대로 말하면 결국 시간이 더 천천히 흐르게 되는 것이다. 그 결과 중력이 높은 곳의 1초가 중력이 낮은 곳의 10초가 될 수 있는 것이다.

시간은 상대적이다. 중력에 따라 시간이 달라지듯, 일의 중대함에 따라서 시간이 달리 느껴진다. 위기의 순간, 절체절명의 중대한 순간에는 마치 1초가 영원한 것처럼, 시간이 멈춘 것처럼 느껴질 정도다.

아인슈타인은 시간은 상대적이라고 말했다. 빠르게 움직일수록 시간이 느려지고 천천히 움직일수록 시간은 빨라지는 것이다. 같은 맥락으로 당신의 마음먹기에 따라서 시간은 길게 느껴질 수도 짧게 느껴질 수도 있다.

시간이 해결해줄 거야!

그렇다! 시간이 해결해준다. 그런데 그 시간도 그 세월도 1초가 하나하나 모여서 이루어진다. 1초 간격으로 타임플랜을 짜라는 것이 아니다. 1초는 상징적으로 당신에게 짧은 시간을 의미한다. 하지만 당신에게 주어진 소중한 시간 1초, 1초에 대해 당신이 어떤 태도와 관점을 가지고 살아가느냐에 따라 삶이 바뀔 것이다.

앞으로 어떻게 시간을 대하며 살아갈 것인가? 소중한 시간을 사용되지 않고 무의미하게 버려지는 쓰레기처럼 다룰 것인가? 아니면 갓 태어난 아기가 엄마 품을 떠나지 않으려고 하는 것처럼, 곧 하늘나라로 떠날 사람이 한 호흡 한 호흡 소중히 여기는 것처럼 대할 것인가?

아인슈타인은 시간은 상대적이라고 말했다. 빠르게 움직일수록
시간이 느려지고 천천히 움직일수록 시간은 빨라지는 것이다.
당신의 마음먹기에 따라서 시간은 길게 느껴질 수도 짧게 느껴질 수도 있다.

2초

경험으로 증명되어온 사람들의 지혜가 있다. 이것을 우리는 경험 법칙Rule of Thumb이라고 부른다. 경험 법칙 중 하나인 2초의 법칙을 보자.

당신은 운전할 때 안전거리를 확보하라는 말을 귀에 못이 박이도록 들었을 것이다. 그런데 안전거리를 얼마나 확보해야 하는가에 대해서는 사람마다 좀 다르다. 여기서 2초의 법칙이 등장한다. 당신이 어떤 차 뒤에 있든 당신이 어떤 스피드에서 운전하든 적어도 2초 이상 거리를 두어야 안전하다는 것이다.

2초의 법칙은 당신이 시내에서든 고속도로에서든 울퉁불퉁한 거리에서든 비탈길에서든 운전 장소에 상관없이 범용적으로 적용된다. 또한 전천후 어떤 상황에서든 적용할 수 있다. 따라서 전 세계 많은 국가의 운전 가이드들은 운전 초보자에게 늘 2초의 법칙을 가르쳐주곤 한다.

2초의 법칙은 안전운전에만 적용될까? 나는 2초의 법칙이 안전관계에도 적용된다고 생각한다. 건강하지 않은 관계들을 보고 들을 때면 많은 경우 너무 가까워서 문제이고 또 너무 멀어져서 문제인 것을 알게 된다.

2초의 법칙. 2초 정도의 적당한 거리에 있을 때 안전운전이 가능하듯, 인간관계에서 적당한 거리를 두어야 안전관계가 가능하다. 사랑하는 사람이 뭔가에 집중하고 생각해야 할 때 2초의 법칙을 적용하면 어떨까? 함께 열정을 다해 달린 동료에게 쉼이 필요할 때 2초의 법칙을 적용하면 어떨까? 너무 바쁘다는 핑계로 멀어져버린 친구에게 2초의 법칙을 적용하면 어떨까? 안전관계를 넘어 행복관계가 되지 않을까?

　나는 육아할 때, 내 딸아이에게 2초의 법칙을 적용한다. 쇼펜하우어는 온전한 자유를 누리는 시간은 바로 혼자 있을 때라고 말했다. 내 마음은 내 딸아이와 정말 모든 것을 함께하고 싶고 늘 가까이에 있고 싶지만, 내가 아이와 적당히 거리를 유지해야 그녀가 혼자 있다고 느끼고 진정으로 자유를 만끽할 수 있지 싶다.

　처음에 딸아이는 엄마 아빠와 거리를 두고 혼자 있는 것을 두려워했지만 조금씩 연습하다 보니 이제는 혼자서도 책을 읽고, 노래를 부르고, 낙서를 하고, 거울에 비친 자신의 모습을 깊이 감상해보고, 자신의 그림자와 춤추며 놀고, 꽃향기를 맡으며 꽃들과 대화를 한다. 딸아이 스스로도 자유롭게 행복을 만끽한다고 느껴지며 그런 아이의 모습을 보는 나 자신도 정말로 자유로움과 행복을 느낀다.

3초

하나, 둘, 셋! 이 짧은 3초의 시간에 우리 뇌 깊숙한 곳, 뇌간과 소뇌에선 한순간 상대방의 첫인상을 결정한다. 이 사람이 호감이 있는지, 매력이 있는지, 좋은 사람인지를 결정한다. 상대방이 좋다고 판단될 때 비로소 마음을 열고 상대방의 말과 몸짓, 생각에 귀 기울이는 것이다.

3초라는 짧은 시간에 결정되는 인상. 하지만 인상이란 사람의 평생에 걸쳐 점진적으로 형성되는 것임을 기억해야 한다. '티끌 모아 태산'이라는 말이 있듯이, 일상 속 당신의 선한 말과 마음 그리고 선한 몸짓과 행동이 당신의 선한 인상을 지속적으로 형성해나가는 것이다.

인상에서 가장 중요한 비중을 차지하는 것은 얼굴이다. 이 얼굴의 어원에 대해서 여러 해석이 있다. 그중 한 가지가 얼굴이란 얼의 꼴, 즉 어떤 사람의 마음과 정신이 가장 잘 드러나는 곳이라는 것이다. 얼굴을 보면 그 사람의 마음과 인생을 알 수 있다. 반대로 말하자면 그 사람의 인생에 따라 얼굴이 달라지는 것이다.

순간순간의 좋은 마음들, 좋은 생각들, 좋은 말들,
좋은 몸짓들이 모여 당신의 빛나는 얼굴을 드러낸다.

3초는 환한 미소로 상대방을 바라봐주기에 충분한 시간이다. 3초라는 짧은 시간에 이제부터 더 밝게 웃어보면 어떨까? 좋은 마음, 선한 마음을 가져보면 어떨까? 긍정의 한 문장을 부드럽게 말해보면 어떨까?

'티끌 모아 태산'이라는 말이 있듯이, 일상 속 당신의 선한 말과 마음 그리고
선한 몸짓과 행동이 당신의 선한 인상을 지속적으로 형성해나가는 것이다.

4초

'인간은 본능으로 결정하고 이성으로 합리화한다'는 말이 있다. 삶은 수많은 선택으로 만들어지고, 이러한 선택은 본능으로 결정된다. 본능으로 선택한 나의 삶, 그 삶의 가치와 존재 이유를 이성으로 합리화하는 것은 매우 중요한 일이다. 유의미하게 합리화함으로써 깨달음을 얻을 수 있고, 앞으로 살아가는 데 중요한 동기와 의미를 발견할 수 있다.

그런데 문제는 잘못된, 결코 자기 성장에 도움 되지 않는 방향으로의 자기합리화 또한 일어날 수 있다는 점이다. 자신이 잘못했는데 수많은 상황과 상대방 탓을 하며 자기합리화를 하는 경우 말이다. 또한 잘못된 방향으로 일을 진행하고 있는데, 인정하지 않고 버티다 큰 손해를 보는 경우가 있다. 이러한 관성은 장기적으로 봤을 때 개인의 성장에 도움이 안 된다.

미국의 작가 피터 브레그만은 자기합리화에 따른 나쁜 관성을 극복하라고 조언한다. 나쁜 관성을 변화시킬 때 진정한 성공과 행복을 느낄 수 있다고 그는 말한다. 그의 비결은 숨을 크게 내뱉고 충분히 고르는 시간인 4초의 활용이다. 이 짧은 시간 동안 숨을 고르며 현재의 관성을 멈추는 것이다. 그리고 자신의 부족함, 자신의 잘못을 인정하고 더 나은 방향으로 말과 행동을 움직이는 것이다.[2]

예컨대 회의 도중 상대방이 당신의 의견을 합리적으로 비판할 때, 자신의 의견을 정당화하면서 방어하고 싶을 때, 짧은 4초간 숨을 한번 고르고 상대방의 의견을 존중하고 인정해보는 것이다. 만약 이성 친구나 배우자의 기분을 나쁘게 하는 행동을 했고 자신을 정당화하고 싶은 마음이 먼저 들 때도, 잠시 4초간 숨을 고른 다음 잘못을 인정하고 상대방의 마음을 헤아리고자 노력해보는 것이다. 이를 통해 당신은 현재의 관성을 깨고 더 나은 방향으로 행동을 이

끌어나갈 수 있다.

 멈춤과 인정의 시간 4초, 이 시간을 잘 활용해서 더 나은 방향으로 당신의 삶을 움직인다면 어떨까? 더 친밀한 인간관계를 누릴 수 있다면 어떨까? 더 생산적인 업무 방향을 설정할 수 있다면 어떨까?

5초

　아침에 눈을 떴는데 침대에서 벗어나지 못하고 '귀차니즘'에 푹 빠져 있을 때, 중요한 일을 해야 하는데 자꾸 딴청 피우고 다른 일들에 정신이 팔려 그 일을 자꾸 미루고만 있을 때, 결정 이후에 일어날 일들이 두려워서 결정하지 못하고 내면의 갈등으로 괴로워할 때, 마법처럼 외치기만 하면 일을 시작하게 만드는 주문이 있다면 얼마나 좋을까?

그런데 실제로 그런 주문이 있다.

미국 아이비리그 대학인 다트머스대학교와 보스턴칼리지 로스쿨을 졸업하고 화려한 커리어로 20대를 보낸 멜 로빈스. 하지만 그녀의 30대는 처참했다. 그녀의 사업은 부도 위기에 몰렸고 화려한 경력은 단절되었다. 심지어 좋았던 부부관계에 이혼이라는 거대한 위기까지 찾아왔다. 좌절감, 초조함, 두려움은 그녀를 알코올의존증으로 내몰았다. 자존감, 의욕, 목표의식이 바닥 상태에 있던 그녀는 어느 날 우연히 TV를 틀었다. TV에서는 로켓 발사 장면이 생중계되고 있었는데, 때마침 카운트다운 중이었다.

5, 4, 3, 2, 1, 빵!

그때 그녀는 자기 삶을 바꿀 5초의 법칙을 깨달았다.[3]

5, 4, 3, 2, 1이 끝나면 로켓이 '빵' 하고 힘차게 하늘 위로 날아가는 것처럼, 일상 속에서 작은 용기를 내기 힘들었던

그녀 또한 '5, 4, 3, 2, 1, 빵!' 하고 즉시 행동했다. '5, 4, 3, 2, 1, 빵!' 하고 침대에서 바로 일어나 할 일을 시작했고, '5, 4, 3, 2, 1, 빵!' 하고 묵혀두었던 계획을 실행했다. 이러한 작은 실천들이 쌓여 그녀의 인생은 변화했다. 이제 그녀는 CNN 방송 진행자이자 작가로서 엄청난 실행력과 열정을 전파하고 있다.

5, 4, 3, 2, 1, 빵! 이것은 딸아이 육아할 때도 효과가 있었다. 기저귀 간다고 할 때 귀찮아서 기저귀 갈지 않으려는 딸아이에게 '5, 4, 3, 2, 1, 빵!' 하면 '빵'에 맞춰서 기저귀 가는 스테이션에 달려와준다. 키즈카페에서 집으로 가지 않고 생떼를 부리는 딸아이에게 '5, 4, 3, 2, 1, 빵!' 하면 '빵'

에 맞춰서 문 쪽으로 달려와준다. 정말로 마법의 주문인 것 같다.

5, 4, 3, 2, 1, 빵!

오늘도 내일도 힘차게 외쳐보자.

10초

한 해의 마지막을 울리는 카운트다운은 언제나 10초에
서 시작된다. 10, 9, 8, 7, 6, 5, 4, 3, 2, 1. 그러고는 수많은
사람의 환호성이 울려 퍼진다. 사람들은 '이전 것은 지나갔
고 새것이 왔도다!' 생각하면서 새로운 삶, 새로운 마음, 새
로운 생각, 새로운 전략으로 자신의 낡은 것들을 깨고 변화
와 혁신을 부르짖는다. 5초가 도전과 실행의 시간이라면,
10초는 변화와 혁신의 시간이다.

인류가 직립 보행을 한 이후 인류의 달리기는 시작되었
다. 생존을 위해서 달려야 했고 빨리 달릴 수 있는 능력은
위대한 것, 신성한 것으로 인식되었다. 2,900여 년 전 고대

아무리 지치고 힘들어도 괜찮아.
아무리 불가능하고 답이 없어 보여도 괜찮아.
꼭 변화할 거야!

그리스에서 처음으로 열린 고대 올림픽의 첫 번째 종목은 바로 달리기였다. 그리스의 수많은 도시국가가 고대 올림픽에 참가했는데, 각국 대표 선수들의 달리기 순위에 따라 국가 위상이 높아질 정도로 달리기는 중요했다.

오늘날에도 마찬가지다. 100미터 단거리 종목은 1896년 현대 올림픽에서 처음 선보인 뒤로 언제나 올림픽에서 가장 큰 화제였다. 지구상에서 가장 빠른 인간이 되고자 선수들은 온 힘을 다해 100미터를 달렸고, 지구상에서 가장 빠른 선수를 보유하고자 각 나라는 아낌없이 투자했다. 그럼에도 선수들이 쉽사리 깨지 못하는 기록이 있었으니, 바로 마의 벽 10초이다.

70여 년간 아무리 노력해도 누구 하나 10초의 벽을 넘지 못했다. 그러다 1968년 미국의 짐 하인스가 인류 최초로 9.99초를 기록하여 10초의 벽을 깨뜨렸다. 이 역사적인 사건에 자극을 받은 탓일까? 이후 10초의 벽을 깨뜨리는 수많은 선수가 나타났고 세계 신기록은 계속 갱신되어왔다.

현재 세계 신기록은 자메이카의 우사인 볼트가 세운 9.58초로, 누군가가 깨뜨려주길 기다리고 있다. 아무리 해도 깨질 것 같지 않던 10초, 절대 불가능해 보였던 10초, 인류 역사로 올라가면 수천 년간 깨지지 않았던 기록 10초.

이 또한 시간이 지나면 돌파되게 마련이다.[4]

변화와 혁신의 시간 10초. 마치 육상 선수가 온 힘을 다해 달리는 마음으로, 한 해 마지막 순간을 간절히 보내는 사람의 마음으로 세어보면 어떨까?

'아무리 지치고 힘들어도 괜찮아. 아무리 불가능하고 답이 없어 보여도 괜찮아. 꼭 변화할 거야! 혁신은 반드시 일어날 거야!

10

9

8

7

6

5

4

3

2

1

이야야야아아아아!

분

[Minute]

1분

작가로 살아가면서 생각을 수 페이지에 걸쳐 정확하고 자세하게 표현하는 것이 정말로 자연스러워졌다. 이제는 생각하면서 동시에 글을 쓰게 되었고 어떤 때는 생각할 필요도 없이 손가락들이 알아서 글을 써주는 것 같은 착각에 빠지기도 한다. 사람들 앞에서 말할 때도 마찬가지다. 지식이 쌓이고 개념으로 연결된 생각과 생각이 많아지면서 그때그때 이야기할 수 있는 실력이 생겼다. 이렇게 글쓰기와 말하기 역량이 성장했음에도 매 순간 내게 큰 어려움으로 다가오는 것이 있다. 바로 1분 안에 글과 말을 요약하는 것이다.

사람들의 속도가 빨라졌다. 예전처럼 천천히 글을 음미하고 천천히 상대방의 말을 들어줄 여유가 없어졌다. 대화 중 1분 이상 길게 이야기하면 이제는 '투머치토커'가 된다. 업무상 이메일을 보낼 때도 핵심을 요약해 1분 안에 간단히 읽을 수 있도록 해야 한다. 그렇지 않으면 사람들은 분명 읽지 않는다. 자기소개할 때 1분 안으로 짜임새 있게 말하는 것이 좋다. 더 길게 이야기하면 준비되지 않은 것으로 여긴다. 내가 회의를 주관해서 진행할 때도, 1분 안으로 무슨 이야기를 할 것인지 요약해야 사람들의 이해도와 몰입감이 더욱더 좋아진다.

그래서 나는 무엇인가를 준비할 때, 추가로 1분 안에 글과 말을 요약하는 것을 계속 연습해오고 있다. '요약하기'는 반드시 훈련해야 얻을 수 있는 능력이다. 재능에 비례하는 것이 아니라 연습량에 비례하는 능력이다. 나는 길을 갈 때 심심하면 요즘 생각하고 있는 것, 요즘 추진하고 있는 업무, 앞으로 추진해야 할 업무들을 요약해서 1분 안에 말하면서 걷기도 한다.

하나의 책을 다 읽고 나면 1분 안에 볼 수 있는 짧은 평을 써서 핵심 내용 전체를 연결하고자 노력한다. 직접 나의 책을 쓰고 나면, 내가 책을 통해 독자들에게 정말로 전하고 싶은 1분 메시지를 정리해둔다.

한편 회사에 출근해서 오전 업무를 시작하기 전, 1분 동안 오늘의 핵심 업무를 미리 요약해두고 일을 시작하기도 한다. 이렇게 요약하는 것을 습관적으로 연습하니 시간이 지날수록, 가장 중요한 핵심 단어와 표현을 선택하는 감각이 민감해졌고, 전체 메시지를 압축함과 동시에 재미를 가미하는 법 또한 터득하게 되었다.

어린 시절에는 "빨리 일 분 안으로 말해봐?"라는 말이 정말 부담스럽고 짜증스럽게 들렸다. 이것이 내겐 너무나도 어려웠고 이렇게 말하는 사람이 참 무례하다는 생각이 들었다. 하지만 이제는 간혹 이런 말을 들으면 고마운 마음이 든다. 내 마음속에 정리된 메시지를 자신 있고 당찬 표정으로 전달할 수 있기 때문이다.

1분은 짧은 시간이다. 하지만 당신의 가장 중요한 것을 어필할 수 있는 가장 효과적인 시간이다. 당신의 1분을 준비하라.

10분

"미안, 나 십 분 정도 늦을 것 같아."

"십 분 후에 도착 예정이야. 최대한 빨리 갈게."

"회의 십 분 전에는 전원 착석 바랍니다."

"국제선 출발 십 분 전 탑승 마감입니다."

"거의 다 왔어. 십 분 뒤 도착!"

　나는 그동안 살면서 이와 같은 말들을 무수히 들어왔다. 자연스레 10분이라는 시간은 기다림과 밀접한 관련이 있다고 생각해왔다. 왜 그럴까? 왜 늦어도 10분 늦는다 하고 준비는 10분 전에 끝내라고 하는 것일까?

사람마다 기다림의 마지노선이 제각각이다.
평균 기다림의 마지노선이 다르다. 문제는 사람들이 자신이 가지고 있는
기다림의 마지노선을 공공연히 이야기해주지 않는다는 데 있다.

당신이 누군가를 기다리는데, 그가 늦게 도착한다고 하자. 당신은 몇 분 뒤부터 화가 날 것 같은가? 몇 분까지는 늦어도 좀 용납될 것 같은가? 사회생활을 하다 보니 기다림의 평균 마지노선은 10분 정도라는 생각이 들었다. 회의에 10분 이상 늦는다면 준비성이 부족하고 상대방을 배려하지 않고 자기관리가 부족한 사람이라는 인상이 만들어진다. 그것이 정말로 중요한 비즈니스 회의라면, 10분 이상 늦는 것은 정말로 치명적이다.

내 경우, 상대가 약속에 늦을 때 5분 정도까지는 아무렇지 않게 넘어간다. 하지만 10분 이상이 되면, 왜 늦게 왔는지 앞으로는 일찍 모이면 좋을 것 같다는 메시지를 'I 메시지' 형태로 건네는 편이다. 어떤 사람은 상대가 10분 이상 늦으면 자신을 존중하지 않는 무례한 사람이라고 간주하기도 한다.

식당에서도 비슷한 경우가 있다. 음식을 주문했는데 아무것도 내주지 않고 10분 정도 넘어가는 상황이 발생하면 나는 보통 언제 음식이 나오는지 꼭 물어본다. 배고픈 상태로 10분 이상 기다리는 게 정말 힘들기 때문이다. 음식을 주문할 때 10분 넘게 걸린다고 하면 바로 간단히 먹을 수 있는 메뉴를 먼저 시키고 메인 음식을 주문한다.

사람과 사람 사이에 실례를 범하지 않고 서로 존중하기 위해서, 기다림이 10분을 넘기지 않게끔 노력하는 것이 필요하다. 모임 장소에 지나치게 일찍 온 경우, 나는 상대방이 미안한 마음을 갖지 않게 하기 위해서 방금 도착했다고 또는 10분 전에 도착했다고 거짓말을 하기도 한다.

10분. 당신이 10분 늦는다면 그것은 상대방에게 '실례'가 된다. 하지만 반대로 당신이 10분 빨리 도착한다면 그것은 상대방에게 '존중'이 된다. 그래서 모임 장소에 10분 일찍 도착하라고 하는 것이다. '10분 일찍 도착'은 성공한 사람들의 기본 원칙이기도 하다. 이것은 별거 아닌 사소한 것으로 느껴질 수 있다. 하지만 경험적으로 이것은 정말로 '별것'이다.

우리는 사회생활을 하면서 수많은 사람을 만나게 될 것이다. 사람마다 기다림의 마지노선이 제각각이다. 평균 기다림의 마지노선이 10분이라고 해도 누구는 0분이고, 누구는 3분이고, 정말 사람마다 다르다. 문제는 사람들이 자신들의 기다림의 마지노선을 공공연히 이야기해주지 않는다는 데 있다.

이럴 때 최선의 판단은 무엇일까? 기다림의 시간을 0분으로 만드는 것이다. 즉, 절대로 약속 시간을 어기지 않는 것이다. 그런데 당신이 약속 시간에 딱 맞춰 등장하고자 준비한다면 보통 약속 시간에 늦을 확률이 높아진다. 최소 10분 전 약속 장소에 도착하고자 준비한다면 늦을 일은 거의 없을 것이다.

15분

잠을 자는 데 걸리는 평균 시간은 15분이라고 한다. 긴 하루에 비해서 15분은 매우 짧은 순간이다. 하지만 자기 직전에 어떤 마음을 가지는가는 수면의 질뿐만 아니라 다음 날 일어났을 때의 마음 상태를 좌우하는 만큼 매우 중요하다. 계속 풀리지 않는 문제로 말미암은 스트레스 혹은 짜증, 두려움, 비관, 비판, 고민, 불평, 불만 등의 마음을 품은 채 잠들면 안 좋은 꿈을 꾸거나, 다음 날 불쾌한 기분으로 하루를 시작하기 십상이다.

이른바 성공하는 사람들은 자기 직전 15분을 양질의 시간으로 보낸다. 그들은 희망과 감동을 주는 책을 읽거나,

일기를 쓰거나, 우선순위 리스트를 작성하거나, 명상을 하거나, 기도를 한다. 이렇게 그들은 소중한 하루를 잘 매듭짓고 다음 날을 긍정적으로 맞이할 준비를 한다.

나는 그들의 좋은 습관들을 하나하나 따라 해보았다. 책을 읽었고, 기도를 했고, 일기를 썼고, 희망찬 내일과 미래에 대해 상상하거나 간단히 스케치를 했다. 이러한 노력을 통해 한 가지 중요한 핵심을 발견했다. 그것은 바로 감사다.

자기 직전 15분, 감사함 없이 책을 읽거나 감사함 없이 글을 쓰거나, 감사함 없이 목표를 만들거나, 감사함 없이 기도하는 것은 내 마음을 평안하게 만들기는커녕 오히려 잠을 방해하는 걸 자주 경험했다.

하루를 정말로 위대하게 매듭짓는 전제는 바로 감사함이다. 감사함이 전제될 때 보낸 시간의 소중함과 가치를 깨닫고 진정한 긍정의 힘을 얻는다. 감사할 때 정말로 행복감을 느끼며 잠들 수 있다.

자기 직전, 부정적인 마음과 생각은 더 많은 부정적인 마

음과 생각을 만들어내며 당신의 수면을 방해한다. 이제 자기 직전에 감사한 마음을 가져보자. 작은 감사에서부터 큰 감사에 이르기까지 당신 속의 감사한 마음을 하나하나 세어보자. 감사할 거리를 찾고자 한다면 당신의 삶은 이미 감사할 거리로 넘쳐난다는 사실에 무한한 감사를 느낄 것이다. 그 감사의 풍성한 세계 속에서 꿀잠을 누려라.

한편, 15분은 초등학교·중학교·고등학교·대학교의 연이은 수업과 수업 사이의 평균 쉬는 시간이다. 이 시간을 어떻게 활용하느냐에 따라 수업의 참여도와 몰입도는 그 질이 달라진다. 직장에서도 마찬가지다. 오전 업무가 끝나고 점심을 먹으면, 30분에서 40분 정도의 쉬는 시간이 있다. 나는 동료들과 이야기를 하면서도 마지막 15분은 나 혼자만의 시간을 가지려고 한다. 그때 15분을 어떻게 보내는

가가 오후 업무에 큰 영향을 주기 때문이다.

자기 전에 감사의 마음을 가지고 긍정적인 생각을 하는 것과 마찬가지로 15분 동안 최대한 긍정적인 관점에서 업무를 바라보려고 노력한다. 오전에 일이 잘 안된 것도 긍정적으로 바라보고 어떻게 개선될 것인지 상상하고 기대한다. 이렇게 마음 안에 긍정적인 기운을 채우고 난 뒤 오후 업무에 들어가면 정말로 좋은 일들이 일어날 것만 같아 기분이 좀 더 좋아진다.

축구나 농구 등 많은 운동 경기에서 전반전과 후반전 사이에 있는 휴식 시간 대부분이 15분이다. 이때 코치의 역할, 주장의 역할이 매우 중요하다. 팀을 하나로 모으고, 긍정의 마인드로써 서로 격려하고, 도움받은 것을 고마워하고, 잘 안 풀리는 것들의 개선책을 공유하면서 긍정적 피드백을 만들어야 한다. 이런 식의 긍정적 분위기 속에서 휴식을 취하고 다시 게임에 임했을 때 팀플레이의 양상은 달라질 가능성이 크다.

그 외, 사람이 낮잠 잘 때 가장 효과적으로 피로를 날려버릴 수 있는 시간이 15분이다. 그리고 한 가지 더 재미있는 사실은 성인이 매일 화장실에서 보내는 시간 평균이 15분이라는 것이다.[5]

15분의 릴랙스 타임. 감사와 긍정의 시간을 보내자.

30분

　회사에서 자리에 오래 앉아 근무하는 사람들에게는 운동이 필수다. 운동을 하지 않으면 뱃살과 엉덩이에 지방이 축적되고, 체력과 활기가 떨어지기 때문이다. 하지만 문제는 운동이 정말로 귀찮다는 점이다. 나 역시 운동이 장기적으로 체력을 키워주고 그 체력이 업무력 향상의 토대가 됨을 알면서도 도통 운동하지 않았다. 게다가 퇴근 후에는 아이 돌보고 집안일하고 글을 쓰다 보니 한두 시간 운동하기란 참 어려웠다. 피곤할 때는 예민해진 만큼 운동 자체가 오히려 내 몸을 더 괴롭히는 일이라고도 생각했다.

뭔가 최소한의 부담으로 꾸준하게 운동할 수는 없을까?
나는 그 방법을 찾기 위해 서점에 갔다. 분명 나와 같은 사
람들을 위한 운동서가 있으리라! 서점에서 내 눈에 반복적
으로 들어온 말은 '하루 30분'이다. '하루 30분 운동으로 완
벽한 복근을 만들 수 있다!', '하루 30분 운동으로 몸짱이
되어라!' 등등 하루 30분을 강조하는 책이 정말로 많았다.
일단 하루 30분 정도라면 해볼 수 있지 않을까 관심을 가
지며 책들을 훑어보니, 이 30분 운동을 꾸준히 하기 위해
서는 헬스장에 등록하거나 퍼스널트레이닝을 받는 게 좋
겠다는 생각이 들었다. 갑자기 부담이 생겼다. 귀가하여 구
글에 '하루 30분 운동'으로 검색해보았다. 그 결과 내 삶을
바꾼 운동법이 등장했다. '하루 30분 걷기'가 바로 그것이다.
하루 30분 걷기 운동은 정말로 쉽다. 누구나 신발만 신으

면 해낼 수 있고, 가족 또는 친구와 함께하면 재미가 배가
된다. 집 주위에 재미있는 곳, 경치 좋은 곳이 있다면 금상
첨화다. 헬스장에 등록할 필요도 없다. 그 돈으로 좋은 신
발을 신고 집 밖으로 나가면 된다.

한 건강의학 전문가에 따르면, 하루 30분 정도, 평소보다
약간 빠른 걸음으로 걸으면 5,000보 정도를 걷게 되고 이
것이 유산소운동이 되어 체중감량 효과까지 보인다고 한
다. 또 다른 전문가는 한때 엄청나게 유행했던 '만보 걷기'
에 집착하지 말라고 말한다. 만보 걷기는 마케팅일 뿐 지나
치게 많이 걸으면 아킬레스건 부상 및 발목염좌에 노출
될 수 있다고 한다. 그 역시 딱 하루 30분 정도가 적당하다
고 말한다.

이제 나는 매일 30분 걷는다. 아파트 단지를 크게 몇 바
퀴 돌거나, 시장을 찍고 오거나, 근처 공원을 한 바퀴 돌고
오기도 한다. 매일 30분 걷기를 통해 몸짱은 될 수 없다. 하
지만 건강한 몸무게를 항상성 있게 유지할 수 있다. 또한
기분이 상쾌해지고 행복지수가 높아지는 것 같다.

무엇보다 스트레스가 해소되는 것이 가장 좋다. 자연과
대화하듯 걷기도 하고, 잘 해결되지 않은 문제를 던지고 생

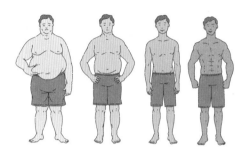

각하며 걷기도 한다. 앞으로 쓸 책 내용에 대한 상상력을 펼치기도 하며, 오늘 일을 참 잘했다고 스스로 칭찬하며 걷기도 한다.

30분 걷기 운동으로 집을 나설 때, 보통 아내와 딸아이에게 "같이 갈래?"하며 묻는 편이다. 같이 갈 때 서로 걸음 속도를 맞춰 이런저런 일상사를 이야기하면서 걷는 재미가 쏠쏠하다. 고민이 있을 때는 툭 고민을 던지면 된다. 고민을 나누는 것만으로도 이미 고민이 해결될 때가 많다. 한마디로 하루 30분 걷기는 신체적·정신적·영적으로 정말 좋은 운동이라고 생각한다.

마지막으로 하루 30분 걷기를 통해 환경을 변화시킨 네덜란드의 한 남성 이야기를 소개하고자 한다. 토미 클레이는 회사 출근길에 언제나 강변을 지나간다. 그런데 어느 날 자신이 지나는 강변이 각종 쓰레기(플라스틱병, 쓰레기 봉지, 항아리 등)로 오염되어 있다는 사실을 깨닫고는 출근 전 매일 30분 강변을 걸으며 쓰레기를 하나씩 치우기 시작했다. 그리고 자신이 치운 쓰레기를 모아 사진을 찍고 매일 자신의 페이스북에 공유했다.

그러자 지역 주민들과 친구들이 토미의 쓰레기 치우기에 동참하기 시작했다. 이렇게 수개월이 지나자 수십 자루의 쓰레기가 수거되었고 그 결과 강변 환경이 현저히 깨끗해졌다. 강을 청소하자 흰 오리 한 마리가 강에 정착해 둥지를 틀고 알을 낳기도 했다. 토미는 말한다.

"사소한 행동이 변화를 낳습니다. 30분이면 충분합니다!"

45분

초·중·고, 대학교, 그리고 학원에 이르기까지 평균 수업시간은 45분이다. 선생과 학생의 집중력과 공부 효율, 기억력 등 모든 것을 종합해볼 때 평균 45분의 수업이 가장 효과적이라고 본 것이다. 교육부 통계 자료에 따르면, 한 사람이 초·중·고 주 5일 수업을 마치기까지 대략 15,000개의 수업을 듣게 된다고 한다. 이를 시간으로 환산하면 12,000시간이나 된다. 말콤 글래드웰의 10,000시간의 법칙대로라면, 대한민국 고등학교를 졸업한 모든 학생은 각자 엄청난 전문성을 가져야 할 것이다. 하지만 현실은 그렇지 않다.

나는 초·중·고 시절을 통틀어 수없이 반복되는 45분의 수업을 어떻게 보내야 최적의 효용을 뽑아낼 수 있을지 선생님으로부터 교육받은 적이 없다. 그냥 수없이 반복되는 수업에 참여해야 했다. 대학생이 되어 비로소 깨달은 것은 그동안의 수업 시간을 정말 의미 없이 보냈고, 따라서 소중한 시간을 엄청 낭비했다는 것이다. 나는 생각했다. 앞으로 대학 4년 동안 그리고 대학원 또는 기업에 진출하여 역시 10,000시간이 넘는 수업을 들어야 하는데 어떻게 보내야 할까? 어떻게 해야 최선의 결과를 만들어낼 수 있을까? 나는 대학 2학년 때까지 갖가지 수업 태도 및 방법을 바꿔가면서 참여했고 시행착오 끝에 효과적인 수업전략을 마련할 수 있었다. 이 전략들은 내 평생의 습관이 되어 기업 회의나 세미나 참여 때도 적용하고 있다.

10분이라도 예습을 한다

당신이 새로운 누군가를 만나기로 한다면 약속 시간 전에 그 사람이 누구인지 궁금해 알아볼 것이다. 이를 수업 때도 적용하자. 수업을 진행하는 선생님이 누구이며, 전공 분야가 무엇인지 그리고 수업의 내용이 무엇에 관한 것인지에 대해서 간단히 예습한다. 수업 중 무슨 내용이 나타날지를 아는 것과 모르는 것 사이에는 엄청난 공부 효과 차이가 있다.

질문을 몇 가지 준비한다

미국과 달리 우리 사회는 질문에 좀 인색하다. 질문하면 수업을 방해하는 것으로 생각할뿐더러 심지어 권위에 도전하는 것으로 여기기도 한다. 그래서일까. 대부분의 수업 또는 세미나는 질문 없이 일방통행으로 진행되는 경우가 정말 많다. 그런데 이러한 방식은 개인은 물론 수업 참석자 전원에게 정말로 큰 손해이다. 질문하지 않는 건 곧 생각을 하지 않는 것과 같기 때문이다.

나는 대학교 2학년 때부터 내가 참여하는 모든 수업과 세미나에 적어도 하나 이상의 질문을 하겠노라 다짐했고 지금까지 지켜오고 있다. 사실 엄청난 두려움이 있었다. 하지만 내가 땀 흘려서 마련한 비싼 돈 내고 그리고 나의 아까운 시간이라는 기회비용까지 이중 지불했는데 궁금한 질문을 못 한다면 정말 돈 낭비 아니겠는가! 무엇보다 내가 궁금해하는 부분을 알고 싶었다. 결국 용기 내어 과감히 질문을 던졌다. 그러한 질문들이 쌓이고 생각들이 쌓인 덕분에《질문지능》의 작가가 될 수 있었다.

수업, 세미나, 강연에는 많은 사람이 함께 참여한다. 따라서 아무 질문이나 해서는 안 되고, 나와 타인을 위해서 좋은 질문을 던져야 한다(그렇지 않으면 욕먹는다). 좋은 질문을 던지기 위한 최고의 방법은 무엇인가? 바로 예습이다. 예습을 통해 수업의 핵심을 파악하면 정말로 날카롭고 중요한 질문을 찾아낼 수 있다. 또한 예습을 하다 보면 모르는 것이 무엇인지를 파악할 수 있다. 내가 모르는 것 중에서 정말로 알고자 하는 부분을 정리하여 질문을 던지는 것이다. 이러한 질문들은 나뿐만 아니라 수업에 참여한 모든 사람에게 큰 도움이 된다.

수동적으로 모든 것을 받아 적지 마라

중요하지 않은 모든 것을 받아 적는다 해도 시험이 끝나면 기억에서 감쪽같이 사라지게 마련이다. 모든 정보를 적으면 적을수록, 당신의 노트 가치는 떨어진다. 중요하지 않은 정보량이 많아지기 때문이다. 역시 시험이 끝나면 어디 있는지도 모르는 노트가 되어버린다. 수동적으로 모든 것을 받아 적지 마라. 이미 참고서적들에 자세한 내용이 더 완벽하게 정리되어 있다. 당신이 정말로 알고 싶은 것, 중요하다고 생각하는 것을 적어라.

나만의 언어로 요약하라

내가 수업 중 배운 개념을 제대로 이해하고 있는지 확인하는 가장 좋은 방법은 다른 사람에게 설명해보는 것이다. 다른 사람에게 제대로 설명하기 위해서는, 자신만의 언어로 개념을 파악하고 요약할 수 있어야 한다. 선생님이 가르쳐준 것을 그대로 빼곡히 노트에 적는 학생은 노트를 보지 않으면 그 개념을 친구에게 설명할 수 없다. 하지만 자신의 언어로 개념을 이해하고 요약한 학생은 노트를 덮어도 쉴 새 없이 이야기하고 가르칠 수 있다. 이미 배운 지식을 내

재화했기 때문이다.

　노벨 물리학상을 받은 리처드 파인만은 노트에 자신의 언어로, 자신이 생각하고 이해한 방식으로 물리학 개념을 기술했다. 그는 연구 영역에서만 천재가 아니라 강의 영역에서도 천재였다. 그의 강의를 들으려고 저명한 대학에서 수많은 학생이 찾아올 정도였다. 그는 난해한 현대물리학의 개념을 일상의 흔한 현상에서부터 차근차근 통찰력 있게 설명했다. 그의 강의를 들은 학생들은 재미있는 이야기에 푹 빠져 강의 시작부터 끝까지 몰입할 수 있었다.

　그는 어려서부터 많은 노트를 남긴 노트 쓰기의 달인이었다. 그의 노트를 보면 한 가지 습관을 알 수 있는데, 그것은 배운 개념을 자신이 이해할 수 있는 언어로 풀어 다시 서술하는 습관이었다. 어려서부터 자기만의 언어로 배운 것을 이해하려 한 그는 물리학자로서 물리학의 개념과 난제를 독창적인 시각으로 바라보았고, 결국 현대물리학에 지대한 공헌을 했다.[6]

시간

[Time]

1시간

690-1600-4110-8350

이 숫자는 10년 단위로 1시간당 최저임금의 변화를 나타낸다. 1990년에 시급 690원이었던 것이 2000년에는 1,600원이 되었고, 2010년에는 4,110원, 그리고 2019년에는 8,350원이 되었다. 10년이 지날 때마다 2배~2.5배 사이로 기하급수적 성장을 보였다.

노동의 가치는 한 시간을 기준으로 책정된다.

우리는 자본주의 시장경제라는 체제 속에서 살고 있다. 어떻게 우리는 돈을 벌 수 있는가? 자본주의 시장경제에서 돈 버는 방법으로 수천, 수만 가지 방법과 형태가 존재하지만, 나는 크게 두 가지로 압축해서 생각한다.

돈 버는 방법

첫째, 무언가 가치 있는 재화나 서비스를 만들어서 판다.

둘째, 무언가 가치 있는 재화나 서비스를 빌려준다.

더 간단히 말하자면 '팔거나 빌려주는' 두 가지 행위를 통해 돈을 벌 수 있다. 대표적인 예로 많은 대학생이 자신의 등록금 및 생활비에 보태기 위해서 알바를 하는데, 그들은 다른 사람에게 시간을 빌려주는 대가로 최저임금을 받는다. 알바생활을 해본 사람들은 나와 같은 생각을 해봤을 것이다.

'왜 나는 최저임금을 받고 있는가? 내 한 시간의 가치는 이보다 더 크다고 생각하는데……'

'과연 그럴까? 개인적인 착각에 불과한 건 아닌가?'

'문제는 다른 사람이 내 한 시간의 가치가 높다고 생각하지 않는다는 데 있다.'

이러한 깨달음 이후, 나는 나 자신에게 다짐했다. 나의 시간당 가치를 높이겠다고! 나는 '2년마다 나의 시간당 가치 두 배 상승'이라는 구체적인 목표를 수립했고, 이를 위해 내가 만들어서 팔 수 있는 것이 무엇인지 고민했다. 바로 떠오른 것은 수학, 과학, 영어 교육 콘텐츠를 만들어 과외를 하는 것이었다. 대학교 3학년 때 처음 도전했던 과외로 4,300원이었던 시급이 10,000원으로 껑충 뛰었고, 4학년에는 20,000원이 되었고, 또 30,000원으로 증가했다. 그리고 대학원 석박통합 과정에 진학해서 전문성이 더 깊어지자 시간당 과외비는 40,000~60,000원으로 증가했다. 정말로 나는 2년마다 두 배 정도의 성장을 경험한 것이다. 하지만 생활비가 많아졌고 약간의 저축을 할 수 있다는 것 외에 내 삶은 바뀌지 않았다. 과외 서비스를 파는 것에 두 가지 한계가 있었기 때문이다. 첫째, 안정적으로 할 수 없다. 둘째, 오랫동안 할 수 없다. 이 한계 때문에 과외로 벌 수 있는 총 수익 규모는 클 수가 없었다. 나는 교육 콘텐츠가 아닌 다른 것을 만들어 팔거나 빌려줘야 한다고 생각했다.

　나는 미국 미시간대학원 신소재 공학과에 박사급 연구 펠로우로서 3년 기간으로 취직했다. 시급으로는 20,000원이지만 매주 40시간, 매년 2,000시간 동안 안정적으로 내가 빌려준 시간과 전문성에 대한 가치를 지불받았다. '내 돈은 내 돈이고 배우자 돈도 내 돈'이라는 우스갯말이 있지 않은가? 1년 뒤 아내가 미국 환경 컨설팅 회사에 취직하면서 나의 시급은 20,000원에서 30,000원으로 증가한 셈이 되었다. 그리고 2년 뒤, 나는 미국 대학교에서의 연구 경력을 인정받고 메모리 반도체를 생산하는 S전자에 몸담게 되었다. 또한 같은 시기에 내 첫 번째 책 《질문지능》이 출판되어 시급 60,000원으로 점프할 수 있었다.

　시간당 60,000원으로 일할 수 있다는 것은 1년 동안 열심히 일하고 세금을 내고 1억 원 정도의 순수익을 얻을 수 있다는 엄청난 의미였다. 따라서 나와 내 가족은 시급 60,000원이 되기까지 열심히 노력해왔던 우리 자신에게 감사하고 스스로를 축복하는 시간을 가졌다. 하지만 우리는 이에 안주하지 않기로 다짐했다. 지금까지 그러했듯, 2년마다 기하급수적으로 시급이 성장할 수 있도록, 이를 통해 우리가 재정적 자유를 얻고 더 풍성한 삶을 누릴 수 있도록 최선을 다해 일하고 있다.

수많은 부자는 말한다. 세상에 제일 가치 있는 것 중 하나는 바로 시간이라고. 시간은 비가역적으로 되돌릴 수 없고 유한하다. 시간의 가치는 무궁무진하다. 당신이 어떻게 마음먹느냐에 따라서, 한 시간의 가치는 팽창하는 우주처럼 증가한다. 거듭 강조하지만 자본주의 시장경제에서 돈을 벌기 위해서는 무언가를 만들어 팔거나 빌려줘야 한다. 당신이 만들고 싶은 가치 있고 소중한 것은 무엇인가? 그것을 어떻게 팔 것인가? 그것을 어떻게 빌려줄 것인가? 오늘, 이 세 가지 질문에 답을 구해보자.

2시간

살다 보면 갑자기 지칠 때가 있다. 일하기도 싫고 만사가 귀찮아서, 잠시 일상으로부터 작별을 고하고 일탈을 꿈꾸는 그런 때가 있다. 아마 일주일에 최소 한 번, 한 달에 네 번 정도 말이다. 나는 그 시간을 '일탈逸脫의 2시간'이라고 부르며 기분 전환을 하는 편이다.

미국에서 생활할 때 정말로 좋았던 것은 한국에서 형성된 수많은 관계와 연결점이 자동으로 멀어지면서 나만의 구별된 시간을 갖게 된 점이다. 또한 이곳저곳 여행을 많이 다니면서 새로운 장소와 새로운 일을 경험하고 그 속에서 많은 인사이트를 받았다. 마찬가지로, '일탈의 2시간'을 통해 잠시 일상 속에서 탈출하여 구별된 나만의 시간과 자유를 얻을 때, 나는 지친 몸과 마음이 회복되는 것을 경험했다.

어떻게 '일탈의 2시간'을 잘 보낼 수 있을까? 어떻게 일상에서 벗어나 잠시 작은 여행을 떠날 수 있을까? 이 질문에 대한 답으로 내가 찾은 것은 세 가지이다. 바로 '영화관 가기', '독서하기', '가지 않은 식당과 카페 가기'이다.

영화관에 자주 가는 것이 아니기에 모처럼 영화관에 가면, 맛좋은 구이류, 달달한 팝콘, 매콤한 떡볶이, 톡 쏘는 청량음료 등 먹고 싶은 것들을 잔뜩 안고서 영화 상영관에 들어간다. 자리에 앉아 영화가 시작되면 즐거운 두 시간의 여행이 시작된다. 내가 감수성이 좀 풍부한 타입이라, 영화 주인공 또는 등장인물에 최대한 공감하며 영화를 보려는 편이다. 주인공이 즐거우면 나도 활짝 웃고, 슬프면 나도 눈물을 흘리고, 분노하면 나도 따라 분노한다.

그리고 '기승전결'로 구성된 주인공의 이야기 흐름에 완전히 몰입한다. 주인공의 배경과 이야기가 시작되는 '기起'의 부분에서는 주인공과 그 주변에서 일어나는 모든 것을 세세하게 관찰하고 기억하려 애쓴다. 빠르면 20분 늦어도

30분이 지난 뒤, 전개된 이야기를 '영화급 이야기'로 만드는 사건이 터지게 되는데 그 사건과 함께 '승承'의 부분이 시작된다. 사건을 일으키거나 사건에 휘말린 주인공의 변화에 초점을 맞추어 내가 주인공이라면 어떨까 감정을 이입해서 영화를 본다. 40분 내지 50분 동안 긴장과 갈등이 증폭되면서 어느 순간 클라이맥스에 이르는데 '전轉'의 시작이다. 여기서 주인공은 사건을 해결하거나 이야기 방향을 완전히 바꾸는 대담한 선택과 결정을 하게 되는데 정말로 긴장감 넘친다. 그리고 마지막 '결結'과 함께 영화 여행이 끝나며, 영화의 여운을 안고 다시 나의 일상에 복귀한다.

작가로서 나는 집필을 위해 책을 읽어야 한다. 그런데 '일탈의 2시간'을 보낼 때 나는 '소설'이나 '에세이'만 읽는다. 따뜻한 보금자리에 역시 과자, 음료수, 따뜻한 빵과 커피를 준비해놓고 읽기 시작한다. 나는 영화 보는 것보다 소설 읽는 것을 더 좋아하는데, 그 이유는 더 풍성하게 상상할 수 있기 때문이다. 영화는 시각적 이미지가 눈에 들어오기 때문에 상상하지 않아도 되지만 소설의 경우 텍스트를 자유롭게 상상하며 읽게 된다. 그래서 영화와 소설이 모두 있는 작품이라면 영화를 보지 않는다.

모든 것을 누렸던 지혜의 왕 솔로몬은 이런 말을 남겼다. "인생 덧없다. 사람이 먹고 마시며 낙을 누리는 것보다 태양 아래 나은 게 없다."

여행에서 가장 중요한 것 중 하나는 맛난 음식을 먹는 일이라고 한다. '일탈의 2시간' 또한 마찬가지다. 가지 않았던 식당과 카페에 가서 맛있다는 음식을 천천히 음미하고 커피 한 잔 마시며 그 시간을 보낸다. 회사 점심시간에는 같이 바쁘게 일하는 사람들과 함께 식사하기 때문에 여유롭게 음미하면서 밥 먹기가 어렵다. 하지만 '일탈의 2시간'을 통해 맛있는 음식과 향 깊은 커피를 충분히 여유롭게 즐길 때, 나는 그것보다 더 큰 즐거움이 없다고 생각한다.

8시간

회사 업무는 보통 오전 업무 4시간, 1시간의 법정 휴게시간, 오후 업무 4시간으로 구성된다. 야근이 없는 이상 이렇게 하루 8시간을 일하면 된다. 하루 8시간의 일들이 축적되어 일주일, 한 달, 일 년의 성과가 좌우된다. 따라서 하루 8시간을 어떤 태도로 보낼지는 직장에서의 성공을 위해서 매우 중요하다. 어떻게 8시간을 밀도 있게 보낼 수 있을까? 어떻게 8시간을 우리의 성장을 위해 유의미하게 보낼 수 있을까? 이에 대해 나는 세 가지 중요한 기본 자세를 가지고 있고 이것을 나누고자 한다.

첫째, 골든타임을 파악한다. 각자 자기의 바이오리듬이

있듯이, 어떤 사람은 점심 뒤의 약간 나른한 시간이 가장 효율성이 높고 집중이 잘되는 시간이며, 어떤 사람은 아침 이른 시간이 최적의 골든타임이다. 이렇게 골든타임은 사람마다 다르다. 하지만 골든타임은 8시간 중 2시간 정도만 지속된다. 당신의 골든타임은 언제인가? 몇 시가 가장 머리가 잘 돌아가고 일의 능률이 가장 높은가? 그때가 바로 당신의 골든타임이다. 이때를 반드시 사수해야 한다.

골든타임에는 사소하거나 반복되는 일을 피하라. 골든타임에는 당신이 집중해서 꼭 이루고 싶은 가장 중요한 일을 하라. 이를 위해 주위 동료들에게 양해를 구하라. 당신의 에너지는 무한하지 않다. 당신의 유한한 에너지를 골든타임에 전적으로 활용하라. 당신이 가장 집중해야 하는 순간, 당신에게 가장 능률이 높은 이 시간에 에너지를 집중해서 사용할 때 당신의 업무 능력은 놀라울 정도로 변화할 것이다. 평소에 아무리 많은 시간을 기울여도 해내지 못한 것을 각성의 골든타임에 집중하면 엄청난 성과를 만들어낼 수 있다.

둘째, 구체적인 목표를 가진다. 올림픽 금메달리스트 등 스포츠 분야에 위대한 업적을 남긴 선수들은 마지막 단 한

번의 승부에서 놀라운 집중력으로 승리했다. 우리나라 역대 올림픽 금메달리스트의 25%를 인터뷰한 김도윤 작가는 올림픽 금메달리스트들의 공통점은 분명하고 구체적인 자기 목표를 가지고 있다는 점이라고 말했다. 2004 아테네 올림픽 탁구 금메달리스트이자 대한민국 IOC 위원인 유승민 선수는 목표에 대해 이렇게 말했다.

"일단 자기가 목표를 정하면 마음가짐, 체력, 생활방식, 운동량 등 그 모든 것이 새롭게 설정된다."

예를 들어 올림픽 금메달을 목표로 하는 선수는 정신수련, 체력훈련, 생활방식 및 루틴 형성, 매일 운동량 세팅 등 모든 것이 금메달에 초점을 맞추어 설정된다. 즉, 모든 노력과 계획은 목표 중심으로 구성되며 바로 목표가 있을 때 놀라운 집중력을 가지고 성공을 이루어내는 것이다.

셋째, 소중한 시간을 잃지 않는다. 시간이 가장 중요하다. 그리고 그 시간은 유한하다. 그런데 그 시간을 빼앗기를 원하는 방해 요소가 주위에 정말로 많다. 나는 그것을 '드라큘라 요소'라고 부르는데, 대표적으로 세 가지가 있다.

첫 번째, 당신의 소중한 시간을 대수롭지 않게 여기는 사람. 기업 조직에서 일을 하면 어쩔 수 없이 협업해야 하며 서로의 시간을 빼앗는 것에 대해 미안해하고 양해를 구해야 한다. 하지만 이것을 당연시하고 상대방의 시간을 드라큘라처럼 빼앗는 사람이 있다. 이런 사람을 조심하지 않으면, 유한한 업무 시간 동안에 늘 시간 부족을 경험할 것이다. 결국 사람은 시간 속에서 일하는 것인데, 시간 부족이 만성 문제가 되면, 정말 중요하고 당신을 성장시키는 일이 아니라 부족한 시간에 맞는 중요하지 않은 일을 하게 될 가능성이 크다. 당신이 리더라면, 당신과 함께하는 사람들의 소중한 시간을 가치 있게 여겨라. 그리고 외부세력으로부터 그들의 시간이 빼앗기지 않도록 보호하고 빼앗겨도 정말로 가치 있는 일을 위해서 빼앗기길 도모하라.

두 번째, 각종 이메일. 두 번째 에너지 드라큘라는 '이메일'이다. 조직생활을 하는 직장인 대부분은 매일 수백 개의 이메일을 주고받는다. 이메일을 수분 간격으로 확인하고 대응하자면 집중력이 떨어진다. 미네소타주립대학교 경영학과 소피 리로이 교수는 말했다.

"거듭된 회의를 갖고, 한 프로젝트 이후 바로 다음 프로젝트가 이어지는 것이 조직생활의 일상이다."

그런데 리로이 교수가 제기한 문제는 A 작업에서 B 작업으로 넘어갈 때, 집중력이 바로 따라오지 않는다는 것이다. 왜냐하면 주의 잔유물이 계속 남아 있는 '주의 잔류 현상Attention Residue' 때문이다. 즉, A 작업과 연관된 생각들이 계속 머릿속에 남아 있어 B 작업에 집중하는 데 방해가 되는 것이다. 이메일을 수시로 열람하노라면 열람한 내용이 머릿속에 남아 다른 일을 수행할 때 방해가 된다. 이메일에도 20:80의 파레토의 법칙Pareto's Law이 적용된다. 정말로 중요한 것은 10개 중 2개 정도밖에 되지 않는다. 따라서 수시로 이메일을 볼 필요가 없다. 일정한 시간 간격, 1시간 또는 2시간 간격으로 이메일을 열어 대응하라.

세 번째, 각종 SNS. SNS를 통해서 수많은 알람이 일을 하고 있는 당신을 현혹한다. SNS는 초연결주의 사회를 만들어냈지만 당신의 소중한 시간을 가치 있게 여기지 않는다. 따라서 일할 때는 알람을 끄자.

일
[Day]

하루

하루는 24시간이다. 낮이 지나고 밤이 지나면 하루가 간다. 그런데 여기서 질문이 있다. 하루의 시작은 낮일까, 밤일까? 낮이 시작이면 하루는 낮에 열심히 일하고 밤에 쉬는 것이다. 이것은 수많은 현대인이 생활하고 있는 하루의 개념이다.

그런데 고대인들은 달랐다. 유럽 문화의 근간이 된 고대 중동 문화에서는 밤이 하루의 시작이었다. 정확히는 해 질 때가 하루의 시작이다. 그들에게 하루란 밤에 열심히 쉬고 에너지를 충전하여 낮에 열심히 일하는 것이다.

별것 아닌 듯하지만, 낮과 밤 중 무엇을 하루의 시작으로
보는가는 하루를 바라보는 관점에 큰 영향을 끼친다. 낮을
하루의 시작으로 여기면, 낮에 일하는 것을 적극적으로 여
기고 밤에 쉬는 것을 수동적으로 여기기가 쉽다. 낮에 수고
가 많았기 때문에 내 몸은 쉬어야 한다고 생각하는 것이다.

반면 밤을 하루의 시작으로 여기면, 밤에 쉬는 것을 적극
적으로 여기고, 낮에 일하는 것을 수동적으로 여길 수 있
다. 해가 진 후 하루의 시작을 알리는 저녁 식사 시간을 사
랑하는 사람들과 소중하게 보내며, 기도 드리며, 그리고 자
신의 꿈과 희망을 상상할 수 있다. 자기 전까지 자신을 돌
아보며 삶의 방향을 재설정해볼 수 있고 밤에 평안히 잠자
는 행위를 적극적으로 취할 수 있다. 밤이 하루의 시작이
될 때, 피곤해서 잠을 자는 것이 아닌 육체적·정신적·영
적으로 에너지를 가득 채우기 위해 잠을 자는 것이 된다.
그리고 잠자고 있으면 새벽을 지나 아침이라는 밝은 빛이
당신을 영접해준다. 또한 낮 시간에 당신은 그 충만한 에너
지를 통해 무엇을 하든 일이 잘되는 것이다.

나는 하루에 대한 고대인들의 인식이 현대인들보다 더

지혜롭다고 생각한다. 고대인들의 인식은 그들이 믿는 신에 대한 관념에 비롯되었다. 이스라엘 민족의 경우, 천지를 창조한 신은 모든 게 흑암으로 가득했던 첫째 날 밤에 빛을 만들어 낮을 만들었다. 그리고 인간에게 저녁이 지나고 아침이 지나면 그것이 바로 하루라고 알려줬다.

하루가 일곱 개가 모이면 일주일이 된다. 여기서 내가 하고 싶은 질문이 있다. 일주일은 무슨 요일로 시작되는가? 월요일인가, 아니면 일요일인가? 그동안 적지 않은 논쟁이 있어왔다. 그런데 그 본질은 하루의 시작이 낮인가, 밤인가 하는 문제와 동일하다고 생각한다. 일주일을 일하는 것으로 시작하겠는가? 아니면 육체적·정신적·영적 휴식을 하는 것으로 시작하겠는가? 이에 따라 한 주에 대한 관점과 그 내용이 달라질 것이다.

5일

대부분의 회사나 관공서는 주 5일제로 주 최소 40시간 최대 52시간 동안 근무한다. 주 5일을 대하는 많은 직장인의 태도는 다음과 같다. 보통 월요일, 화요일에는 많은 업무를 수행해야 한다. 그래서 월요일과 화요일의 시간은 매우 천천히 움직이는 것처럼 느낀다. 그러다 수요일이 되면 다가올 주말을 기다리고 목요일과 금요일에는 상대적으로 시간이 쏜살같이 지나가는 것처럼 느낀다. 이렇게 주 5일이 지날 때가 되면 늘 '별로 한 게 없는데 시간 참 빠르군!' 하며 탄식한다.

나는 주 5일이 뭔가를 이루기에는 너무나도 짧은 시간이라고 생각했다. 그런데 우연히 서점에서 《스프린트》라는 책을 만나면서 그 인식을 바꾸었다. 이 책의 공저자인 제이크 냅은 구글 수석 디자이너로서 회사 경영의 중요 문제와 연계하여 아이디어 스케치부터 프로토타입 제작, 그리고 평가 테스트까지 5일 만에 수행하는 업무 프로세스인 '스프린트'를 개발했다. 조직으로 움직이는 회사에서 보통 한 달, 두 달 걸리는 과제를 스프린트를 통해 단 5일 만에 성취해낼 수 있게 한 것이다.[7]

자, 그럼 어떻게 이것이 가능한지를 알아보자.

월요일: 문제 정의

어떤 문제를 해결하느냐에 따라서 문제 해결전략 및 방법이 달라진다. 따라서 중요한 문제를 정의하는 것이 스프린트의 첫 단계이다. 이를 위해서 스프린트에 참여하는 모임의 리더는 회사 그리고 부서의 전체적인 업무전략 및 방향 그리고 한계점에 대해 공유한다. 이를 통해 스프린트 참여자들이 전체적인 큰 그림을 그릴 수 있어야 한다. 이후 참여자들은 그동안 업무 수행 중 발생한 이슈들에 대해서 자유롭게 토의하며 시장 동향 및 경쟁사·경쟁 제품 리뷰를 통해 앞으로 회사 및 부서의 중요한 문제에 대하여 정의한다.

화요일: 아이디어 스케치

월요일에 정의된 문제를 가지고 집중적으로 아이디어 스케치를 하는 날이다. 스프린트 아이디어 스케치에서 특이한 점은 다 같이 브레인스토밍을 통해 하지 않는다는 점이다. 다 같이 브레인스토밍을 할 때, 결국 한 사람의 주장 혹은 설득 위주로 운영되거나 서로 눈치를 보게 되면 가치 있고 창의적인 아이디어가 나오지 않는 문제가 생기기 때문이다. 스프린트에서는 둘째 날 충분한 시간을 가지고 개인이 직접 아이디어 스케치를 한다. 이때 휴대전화와 노트북을 사용하지 않고 직접 종이나 노트 위에 또는 보드 위에 스케치를 수행한다. 이렇게 할 때 스프린트에 온전히 집중할 수 있다. 아이디어 스케치를 위해서 자주 활용되는 툴이 있다.

첫 번째 툴은 플로우맵이다. 사각형 또는 원 속에 아이디어를 쓰고 다른 연관된 아이디어들과 선 혹은 화살표를 통해서 연결하는 것이다. 직접 도형을 그리기 싫다면 포스트 잇을 활용하라. 플로우맵을 통해 아이디어 전체 관계를 한 눈에 볼 수 있고 아이디어들이 연결되어 구성하는 스토리 를 파악할 수 있다. 플로우맵 아이디어 중간중간에 새로운 아이디어가 떠오르면 포스트잇을 활용해서 내용을 추가하 는 방식으로 아이디어를 고차원화하라.

두 번째 툴은 종이접기다. 종이 한 장을 가로, 세로로 접 으면 네 영역이 만들어지고 종이 앞뒤를 생각하면 총 여덟 구역이 만들어진다. 이 각각의 구역에 아이디어가 떠오르 는 대로 하나씩 스케치하는 것이다. 어떠한 아이디어도 좋 다. 아이디어 스케치를 하는 동안에는 현실성 및 이미 존재 하는지 여부에 대해서는 크게 고려하지 말라.

수요일: 솔루션 선정하기

수요일에 수행해야 하는 임무는 바로 목요일에 프로토타 입_{원형}으로 무엇을 만들지 한 가지 솔루션을 선정하는 것이 다. 각자 아이디어 스케치 과정에서 많은 아이디어와 다양 한 스토리라인을 만들었을 것이다. 하지만 모든 아이디어 를 프로토타입으로 만들 수 없기에 딱 하나 최고의 솔루션을 선정해야 한다. 이를 위해 각자 아이디어를 설명하고 각 아이디어에 대해 토론하고 공정하게 투표를 한다. 결국 선택된 솔루션과 이와 관련된 스케치를 스토리보드_{회의실 화이트보드}에 명확하게 표기한다.

목요일: 프로토타입 만들기

　이제 선정된 솔루션에 대해서 프로토타입을 만드는 과정에 집중한다. 하루 만에 프로토타입을 만들어야 하기에 '린 스타트업_{아이디어를 빠르게 시제품으로 제조한 뒤 시장의 반응을 통해 다음 제품 개선에 반영하는 전략}'의 방식대로 복잡한 상품을 가장 최소한으로 단순화시킨 시제품, 즉 '최소요건제품_{MVP, Minimum Viable Product}'을 만든다. 여기서 관건은 솔루션을 구현하기에 가장 단순하지만, 고객 입장에서 볼 때 가장 중요한 요소, 즉 제품의 핵심 본질을 포함하고 있는 프로토타입을 구현하는 것이다. 프로토타입이 완벽해 보이지 않아도 걱정하지 마라. 스프린트 이후 계속 보완되면서 더 완성된 제품으로 변화할 것이기 때문이다.

금요일: 반응 살피기

이제 소수의 고객 리스트를 만들어 고객에게 제작한 프로토타입을 선보이고 그들의 반응을 살핀다. 이를 통해 월요일에 선정한 해결책이 고객에게 얼마나 좋은지에 대한 피드백을 받는다. 이 검증 과정을 통해서 앞으로 프로토타입을 어떻게 발전시켜 나아가야 할지 계획을 세울 수 있다.

스프린트는 최소 4명으로 진행하는 게 보통이다. 물론 혼자서 진행할 수도 있다. 예컨대 나는 스프린트를 강연 및 신간 도서를 기획하는 데 적극적으로 활용하는 편이다. 기업에 초청되어 강연할 때면, 강연 자료를 기획하는 데 5일을 할애한다.

첫째 날에는 기업이 무엇을 필요로 하는지를 파악하고 이 필요를 채우기 위한 강연 요소들에 대해서 분석한다.

둘째 날에는 첫째 날의 분석을 토대로 1, 2시간 동안 이야기할 핵심 콘셉트 후보군에 대해서 아이디어 스케치를

한다. 이즈음이 되면 내 노트는 수많은 글과 도표로 가득
찬다.

셋째 날에는 여러 콘셉트 중에서 가장 재미있고 효과적
인 콘셉트 하나를 선정한다.

넷째 날에는 강연 발표 자료 프로토타입을 만든다.

다섯째 날에는 그 자료를 강연 담당자에게 보내 피드백
을 확인한다. 이를 통해 강연 준비를 부족함 없이 잘할 수
있었다.

7일

미국에서 가장 존경하는 인물을 꼽으라면 언제나 최고 순위에 오르는 인물이 바로 벤저민 프랭클린이다. 그의 자서전을 읽지 않은 사람이라도 '프랭클린 다이어리'는 들어 봤을 것이다.

벤저민 프랭클린은 비누공장 노동자의 17남매 중 열 번째 아들로 태어나, 궁핍과 가난 속에서 자랐다. 학교 또한 1년 만에 중퇴해야 했고 일찍이 형의 인쇄소에서 일을 배우며 살아가야 했다. 하지만 그는 열정적으로 배우고 성장을 거듭했다. 인쇄업 기술을 빠르게 습득하는 와중에 끊임없이 좋은 글들을 읽고 따라 써보고, 직접 글을 쓰고 수정하면서 성장했다. 그는 독학으로 불어, 이탈리아어, 스페인어, 라틴어를 익혔고 22세 때는 직접 〈펜실베이니아 가제트〉를 발간하는 언론사를 차려 큰돈을 벌었다.

26세 때 그는 최초의 공공도서관를 만들었고 이후 펜실베이니아대학교의 전신인 필라델피아 아카데미를 설립했다. 31세 때는 필라델피아 우체국을 만들어 이후 16년간 우체국장으로 일했다. 사업이 번창하면서 그는 사업을 대리인에게 맡기고 자신은 과학과 공학 연구에 집중했다. 이때가 30대 중반이었다. 그는 35세에 적은 땔감으로 실내를 더욱 따듯하게 유지시키는 개방형 난로 '프랭클린 스토브'를 발명했다.

43세 때 번개가 구름에서 지구로 방출되는 전기방전의 가설을 세웠고, 그것을 증명할 방법을 궁리하기 시작했다. 1년 뒤 그는 과학사에서 정말로 중요한 '연 실험'을 수행하여 번개가 전기방전의 일종임과 축전기에 저장할 수 있는 것임을 최초로 증명하였고, '전기에 관한 실험과 관찰'이라는 제목의 논문을 발표했다. 그 공로로 46세에 영국 로열 소사이어티 회원으로 선정되었다.

벤저민 프랭클린 업적의 꽃은 정치에 있다. 그는 미국 건국에 큰 공로를 세워 '미국 건국의 아버지'로 불린다. 58세 때 펜실베이니아주 하원의장이 되었고, 69세 때 제2회 대륙회의 펜실베이니아 대표로 참석했다. 70세 때 독립선언 기초위원으로 활약하면서 미국의 독립 및 새로운 정부 수립에 이바지했다. 80세가 되어서는 미국 헌법 회의 펜실베이니아 대표로 활동, 미국 헌법 철학에 큰 영향을 끼쳤다.

이처럼 엄청난 업적을 달성한 벤저민 프랭클린. 그의 자서전에서 그는 성공의 밑바탕에 꾸준한 인격 훈련이 있었다고 말했다. '나에게는 위대한 영혼이 있다. 단 하루를 살아도 나의 가치를 실현하며 살고 싶다'라는 꿈을 꿨던 그는 다음과 같이 13개 주요 인격 덕목을 선정하여 평생 훈련했다.

절제 폭음폭식을 삼간다.

침묵 타인 또는 나에게 유익한 일 이외에는 말하지 않는다.

규율 모든 물건은 위치를 정해놓고 일도 시간을 정해놓고
진행한다.

결단 결심한 일은 꼭 실행한다.

절약 타인과 자신에게 유익한 일을 모색하고 낭비하지 않
는다.

근면 시간을 헛되이 쓰지 않는다.

성실 타인에게 폐가 되는 거짓말은 하지 않는다.

정의 타인에게 해를 입히는 행위는 하지 않는다.

중용 생활의 균형을 지키고 화내지 않으며, 타인에게 관
용을 베푼다.

청결 몸과 의복, 주변을 불결하게 하지 않는다.

평정 하찮은 일, 피하고 싶은 일이 생겨도 평정을 잃지 않
는다.

순결 타인의 신뢰와 자존심에 상처를 입히는 행동은 피
한다.

겸손 예수와 소크라테스를 본받는다.

그는 일주일마다 하나의 인격 덕목을 정해 엄격하게 지

키려고 노력했다. 예컨대 '절제'를 훈련하기로 하면, 그는 일주일 동안 매일 절제와 관련된 어떠한 잘못을 만들지 않으려 애썼고 그 결과를 일기에 표시해두었다. 잘 지켜졌으면 그날을 공백으로 두었고, 잘 지켜지지 않았으면 'ㅇ' 표시를 한 개, 심하게 지켜지지 않았으면 'ㅇ' 표시를 두 개 기록하여 반성했다. 이렇게 그는 매주 한 개씩의 인격 덕목을 훈련했고 1년간 13개의 인격 덕목을 네 차례 훈련했다. 벤저민 프랭클린은 이 훈련을 평생 유지하였고 단순히 사업 수완, 정치력만 뛰어난 것이 아니라 인격적으로도 존경받는 인물이 되었다.

당신은 인격 완성을 위해 필요한 덕목으로 무엇을 꼽겠는가? 일주일의 시간이면 충분하다. 일주일마다 하나씩 실천해보면 어떨까?

한 달

늘 반복되는 평범함을 거부하고 새로운 도전을 해보고 싶다면 TED 강사인 맷 커츠의 이야기를 들어봐라.[8] 그는 영화감독 모건 스펄록이 30일 동안 맥도날드 햄버거만 먹으면서 몸이 어떻게 변하는지를 기록한 영화 〈슈퍼 사이즈 미〉를 보다가 영감을 받았다. 그는 30일간 늘 새로운 것에 도전하기로 마음먹었다.

당시 그는 구글의 총괄 엔지니어로 최첨단 IT 분야를 이끌고 있었지만, 반복되는 일상 속에서 지루함을 느꼈다. 그는 종이 위에 자신이 언제나 해보고 싶은 일들 리스트를 적은 다음 30일 동안 하나씩 도전해보기로 했다. 매일 한 장씩 사진 찍기, 매일 하루 15분씩 아내와 함께 걷기, 30일간 뉴스 시청하지 않기, 자전거로 출퇴근하기, 30일간 소설 쓰기, 킬리만자로 등반 등등 그는 거침없이 새로운 일에 도전했고 자신의 삶이 재미있는 일들로 풍성해지는 것을 경험했다.

맷 커츠는 '30일간의 도전'을 통해서 많은 것을 배울 수 있었다고 말한다. 첫째, 일상에는 기억에 남을 소중한 순간들이 가득 차 있음을 알게 되었다. 둘째, 해보지 않은 그 어떠한 일도 충분히 도전할 수 있음을 배웠다. 셋째, 간절히 원한다면 무엇이든 30일 만에 해낼 수 있음을 배웠다. 넷째, 꾸준히 실천하고 이를 통해 작은 변화들을 축적시키면 더 쉽고 효과적으로 습관을 만들 수 있음을 배웠다.

맷 커츠처럼 30일 동안 새로운 일에 과감히 도전해보자. 그리고 작은 일부터 꾸준하게 해보자. 완벽하지는 않아도 정말 그 일이 이루어지는 걸 보게 될 것이다. 이에 대해서 내 이야기를 하나 소개하고자 한다. 맷 커츠는 매년 11월에 열리는 소설 쓰기 모임에 참여하여 하루 1,667자씩 한 달 동안 써서 결국 소설 한 편을 창작했다. 나는 이 이야기를 듣자마자 다음과 같은 도전을 떠올렸다.

'내가 딱 한 달 동안 책 한 권을 쓸 수 있을까?'

직장에서 과장으로 정말 바쁜 하루하루를 보내고 있는데 내가 한 달 동안 책 한 권을 쓸 수 있을까? 정말로 불가능한 도전 같았다. 그래도 한번 도전해보기로 마음먹었다. 나에게 주어진 시간은 평일 두 시간, 그리고 토요일, 일요일 각각 네 시간, 이렇게 한 달 동안 총 80시간이다. 어떤 책을 쓸지 고민에 돌입했다. 나는 어려서부터 대한민국 영어 교육에 대한 안타까움이 있었다. 엄청난 돈을 매해 영어에 투자하지만 투자 대비 효용이 매우 적은 현실이 참으로 안타까웠다. 나는 영어와 일본어를 구사할 수 있다. 그리고 외국어에 대한 관심이 많아 스페인어와 히브리어를 배웠다. 내가 가진 외국어에 대한 통찰력을 한껏 발휘하여 '생각의 힘을 키우는 영어 공부법'에 대한 책을 집필하기로, 그리고 이를 통해 대한민국 영어 교육의 패러다임을 변화시키기로 마음먹었다.

첫날부터 달리기 시작했다. 일단 영어와 외국어에 대해 알고 있는 모든 지식과 개념을 동원하여 생각나는 대로 썼

다. 내 머리로 글을 쓰는 것이 아닌 내 손이 글을 쓰는 느낌이랄까. 이렇게 매일 글을 쓰다 보니 이제는 내 손이 글을 쓰는 것이 아닌 내 마음이 글을 쓰는 듯했다. 나는 매일 시간당 평균 600단어를 썼고 한 달 동안 총 5만 단어의 영어 공부법 글을 썼다. 작가로서 오랜 시간 글쓰기에 단련되어 그런지, 쓰면 쓸수록 더 좋은 생각과 아이디어가 마구 떠올랐다. 그리고 더러 글을 고치는 과정에서 동시에 글을 쓰는 느낌도 받았다

이렇게 해서 출간 준비 중인 책이 바로《영어지능》이다. 《영어지능》이 현재 대한민국 영어 교육에 적지 않은 변화를 일으키길 희망한다.

나는,《영어지능》원고를 한 달 동안 쓰면서 작가로서 이

러한 깨달음을 얻었다.

'작가의 글은 사실 평생 동안 쓴 것이다.'

40일

기독교와 천주교에서 40일은 정말로 각별한 의미를 지닌다. 모세가 여호와로부터 십계명을 받기 위해, 호렙산에서 고난의 시간을 보낸 기간이 40일이었다. 선지자 엘리야가 호렙산에서 여호와의 계시를 받기 위해 천사가 주는 음식만으로 버틴 고난의 기간이 40일이었다. 선지자 에스겔은 여호와께 범한 죄에 대한 회개 의미로 40일 동안 옆으로 누워 있었고 메시아 예수는 광야에서 40일간 단식하며 마귀의 모든 시험을 이겼다. 그리고 예수는 부활 후 40일 만에 승천했다.

40일은 1차적으로 고난을 상징한다. 여기서 중요한 것은 고난 자체가 목적이 아니라는 사실이다. 고난 이후에 나타날 속죄, 쇄신, 부활이 중요한 점이다. 따라서 기독교인, 천주교인 들은 매년 예수의 부활을 기념하기 위해 특별히 부활절 이전 40일 동안 예수의 고난에 참여하고 회개를 수행하는 사순절을 보낸다. 이렇게 40일은 고난과 동시에 새로워짐을 상징한다.

고난은 나쁜 것이 아니다. 많은 경우에 유익하다. 효과 있는 약이 쓴 것처럼 잘못된 것을 바로잡기 위해서, 변하지 않을 것 같은 걸 새롭게 하기 위해서는 쓰디쓴 고난이 수반된다. 그 고난을 감내하지 않고는 변화와 새로움을 경험할 수 없다. 하지만 비 온 뒤 땅이 굳어진다는 속담대로, 끝이 올 것 같지 않은 고난은 반드시 끝이 있고 그 뒤에는 거듭남의 기쁨이 찾아온다. 이는 해산의 고통을 겪는 산모가 해산 이후 사랑스러운 아기를 보고 그 고통을 잊어버리는 것과 같다.

당신에게 쇄신과 변화가 필요한 부분은 무엇인가? 이것들이 새로워질 걸 꿈꾸며 고난의 40일에 참여해보자. 종교적 의식에 참여하라는 의미가 아니다. 쇄신과 변화가 이뤄질 때 수반되는 고난에 대해 40일간 인내해보자는 의미다. 어두운 새벽이 지나면 어김없이 밝은 아침이 찾아오듯 고난은 당신의 유익한 기쁨이 될 것이다.

67일

시작이 반이라는 말이 있다. 그럼 나머지 반은 무엇인가? 나는 '꾸준함'이라고 생각한다. 사람의 실력이나 기업의 가치를 평가할 때, 많은 사람이 첫 번째로 보는 것은 꾸준함이다. 따라서 꾸준함을 그대로 반영해주는 '습관'이 성공하는 데에서 가장 중요한 요소라고 생각한다.

습관의 중요성과 그 힘은 아무리 강조해도 지나치지 않다. 워런 버핏은 "습관의 고리는 인식할 수 없을 만큼 너무

약해 보이지만 끊어버릴 수 없을 만큼 막강해진다"라고 말했다. 도스토옙프스키는 "인생의 후반부는 전반부에 얻은 습관들로 이루어진다"고 말했다. 파스칼은 "습관은 제1의 천성을 파괴하는 제2의 천성이다"라고 말했다. 아리스토텔레스는 "반복적으로 행동하는 것이 우리 인간이다. 그러므로 탁월함은 행동이 아니라 습관이다"라고 말했다.

《습관의 힘》의 저자 찰스 두히그는 한 가지 행동이 완벽히 자신의 습관이 되기까지, 즉 무의식적으로 그 행동을 하게 되기까지는 평균적으로 67일간 매일 반복적으로 그 행동을 해야 한다고 말했다. 유니버시티 칼리지 런던의 제인 와들 교수팀은 어떤 행동이 의식하지 않아도 자동성 Automaticity을 가지고 반복될 때 그것을 습관이라고 정의했다. 그는 논문 〈어떻게 습관이 형성되는가?〉에서 습관이 형성되기까지 평균적으로 67일이 걸린다고 말했다. 67일간 매일 특정 행동을 수행하면 그다음에는 특별히 의식하지 않아도 자동으로 그 행동을 하게 되는 것이다. 그 행동이 몸에 자연히 베었기 때문이다. 그래서 이를 '67일의 기적'이라고 부른다.[9]

한편 습관에는 좋은 습관과 나쁜 습관이 있다. 좋은 습관은 당신이 인식하지 않아도 자연히 당신의 삶에 긍정적인 영향을 끼치고 당신의 탁월함이 배가되게 해줄 것이다. 하지만 나쁜 습관은 당신이 인식하지 않아도 당신의 삶에 부정적인 영향을 끼치고 당신의 탁월함을 끌어내린다. 중요한 문제는 어떻게 나쁜 습관을 좋은 습관으로 만드느냐에 있다. "습관은 습관으로 극복할 수 있다"라고 토마스 아 켐피스가 말했듯, 찰스 두히그는 나쁜 습관은 좋은 습관으로 대체함으로써 극복할 수 있다고 설명했다. 나쁜 습관을 하지 말라고 억제하는 것보다 그걸 좋은 습관으로 바꿀 때 더 효과적으로 바뀐다는 것이다.

찰스 두히그는 습관을 형성하는 과정이 '신호 - 반복 행동 - 보상'의 세 단계로 구성되어 있다고 말했다. 신호는 어떤 환경이나 동기가 발생할 때, 자동적으로 특정한 행동을 수행하라고 명령한다. 그래서 습관을 지닌 사람의 삶 속에는 그 습관을 유도하는 신호가 반복적으로 나타나는 법이다. 그리고 보상을 통해 당신의 뇌는 습관의 고리를 더 강력하게 기억한다. 여기서 나쁜 습관을 좋은 습관으로 바꾼다는 것은 나쁜 습관을 만드는 신호와 보상을 파악한 뒤 반복 행동을 바꾸는 것이다. 예컨대 외로움(신호)을 느낄 때마다 술을 마셔(반복 행동) 심리적 만족감(보상)을 얻는 알코올의존자가 있다고 해보자. 자신이 외로움을 느낄 때마다 헬스장에 가서 운동을 한다든지, 친한 친구를 만난다든지 하는 방법을 통해 술 마시는 반복 행동을 대체할 수 있다. 이처럼 신호와 보상이 같다면 거의 모든 행동을 바꿀 수 있다.

당신은 어떤 나쁜 습관들을 가지고 있는가? 그리고 어떤 좋은 습관들을 만들고 싶은가? 그것을 파악했다면 67일의 기적을 테스트해보라.

세 달

　나는 자연이 좋다. 자연이 좋아서 박사과정 때, 카이스트 자연 모방 연구실에 들어가 마음껏 자연에 대해 공부했다. 짬뽕에 들어가는 홍합의 물속 접착력, 연꽃잎의 초발수성 현상, 게코 도마뱀의 벽타는 능력, 상어 지느러미의 물 저항 최소화 현상 등 수많은 신기한 자연 현상에 대해 연구했고 이를 모방하는 공학으로 박사학위를 땄다. 자연이 내게 보여주는 현상들은 늘 신기하고 재미있고 아름답고 경이롭다.

수많은 자연 현상 중에서 내가 제일 아름답다고 느끼는 것은 바로 우리나라 사계절이다. 겨울, 봄, 여름, 가을. 3개월마다 새로운 모습을 보여주는 계절 덕분에 우리의 눈, 코, 입, 귀는 지루할 틈이 없다. 반복되는 계절의 흐름만 잘 타도 삶의 질은 더 높아진다. 특히 일과 삶이 균형 잡힌 '워라밸'의 시대에는 더더욱 그렇다. 계절마다 수많은 재밋거리가 있는데 나에게 가장 중요한 관심사는 뭐니 뭐니 해도 먹는 것이다. '지혜의 왕' 솔로몬도 사람이 먹고 마시며 수고하는 것보다 그 마음을 더 기쁘게 하는 건 없다는 말을 남겼다.

겨울

겨울은 춥다. 그리고 건조하다. 나무들에는 수분이 부족하다. 광합성을 하려면 엄청나게 많은 수분이 사용되기 때문에, 겨울에 나무들은 광합성을 제대로 할 수 없다. 그래서 나뭇잎을 다 떨어뜨리고 줄기와 잎 사이의 연결점을 코르크로 막아 수분 손실을 최소화한다. 그리고 겨울잠에 들어간다. 동물들에게는 먹을 것이 참으로 부족하다. 그래서 먹을 것이 많은 가을과 초겨울에 엄청나게 먹은 뒤 따뜻한 곳에 들어가 겨울잠에 빠진다.

우리 인간은? 다행히 인간은 전 세계 물류 유통망을 구축했다. 겨울에도 돈만 있다면 마트에서 다양한 음식을 원하는 대로 구할 수가 있다. 생존을 위해서 걱정할 필요가 없다. 하지만 동식물과 같이, 춥고 칼바람이 불고 건조하여 에너지 손실이 많은 겨울을 견뎌야 하는 것은 인간에게도 동일하다. 그래서 겨울에 사람들은 자연스럽게 기름진 것, 열량 높은 것을 찾거나 살찌려는 본능을 가지고 있다. 그렇다면 겨울에 무엇을 먹을 것인가? 겨울에만 먹을 수 있는 별미는 무엇인가? 무엇을 먹어야 추운 겨울을 즐겁게 잘 이겨낼 수 있을까?

홍시. 잘 열린 감이 매서운 겨울바람 속에 숙성되면 홍시가 된다. 어쩌나 부드럽고 맛있는지 까치도 직박구리도 홍시가 되기만을 기다렸다 찾아 먹을 정도다. 홍시 속에는 감귤보다 비타민 C가 두 배 내지 세 배 정도 들어 있어 감기 저항력을 높여준다. 그리고 홍시 속 풍부한 비타민 A는 추운 겨울 피부가 탄탄해지도록 도와준다.

간식 사군자. 추운 겨울 길거리를 걷다 보면, 이윽고 간식 사군자를 만나게 되는데 그냥 지나치기가 어렵다. 바로 군고구마, 호빵, 호떡, 붕어빵이다. 집에 가는 길에 사군자를 한 봉지 담아 가 가족들과 나눠 먹으면 정말 소확행, 소소하지만 확실한 행복이다.

도미. 바다의 왕자로 불리는 도미는 겨울이 제철인 맛좋은 횟감이다. 어쩌나 부드럽고 쫄깃하고 풍부한지! 내가 좋아하는 회 중 하나다. 좀 더 쫄깃한 질감을 느끼고 싶다면 활어회가 아닌 선어회로 먹어도 좋다. 따스한 술 한 잔과 곁들이면 최고다.

과메기. 겨울 별미 하면 빼놓을 수 없는 게 포항 과메기다. 겨울이 시작되면 청어와 꽁치를 그늘에 걸어두어 자연스럽게 얼고 녹기를 반복하는데, 이 과정에서 쫄깃해지며 맛 좋은 과메기가 탄생한다. 겨울바람을 맞아야만 비린내가 나지 않아 겨울에만 먹을 수 있다.

영덕 대게. 겨울철 대표 고단백 별미다. 나는 가족들과 겨울철 한 번은 1박 2일로 영덕에 간다. 겨울 바다를 감상하고 맛좋은 대게를 실컷 먹고 집에 돌아오는 콘셉트이다.
요즘 대게 프랜차이즈가 많아, 언제든 대게를 먹을 수 있지
만 그래도 대게는 영덕에서 그것도 제철에 먹어야 한다. 영
덕 대게는 외국산 대게와 달리 느끼하지 않고 속살이 더 부
드럽고 고소하다. 돈만 있다면 혼자서 두세 마리는 너끈히
해치울 수 있다. 제철의 영덕 대게는 그 어느 때보다 속살
이 꽉 차 있기에 풍미가 완연히 다르다.

그 외에도 벌교 꼬막, 제주도 방어, 통영 굴, 아귀, 복어
등 겨울철 유명 별미들이 있는데 어패류가 대부분이다. 그
래서 술 좋아하는 사람들이 겨울 별미를 참 좋아하나 보다.

봄

옛말에 음식으로 못 고치는 병은 약으로도 못 고친다는
말이 있다. 그만큼 계절마다 자연이 내놓는 제철 음식을 잘
섭취하여 영양을 보충하고 활기찬 삶을 즐기라는 뜻이다.
추운 겨울이 지나고 따뜻한 봄이 되면 만물에 생동감이 넘
치기 시작한다. 하지만 겨울의 추운 날씨에 움츠러들고 긴
장했던 탓일까? 겨울 동안 운동을 하지 않았던 탓일까? 따

스한 봄바람이 살랑일 때면 많은 사람이 쏟아지는 피로감과 졸림으로 고생한다. 바로 춘곤증이 온 것이다. 춘곤증은 2월부터 기승을 부리기 시작해 3월에 피크를 찍는다. 따라서 겨울 못지않게 봄에도 삶에 활력소가 될 음식을 잘 섭취해야 한다. 봄에는 무슨 제철 음식이 우리를 기다릴까?

첫 번째로 소개할 것은 봄 과일들이다. 붉은색 계열의 껍질을 가진 제철 과일이 많은데, 딸기 · 자몽 · 한라봉 등이다. 이러한 과일들의 특징은 안토시아닌 같은 항산화 성분과 비타민 C가 다량 함유되어 있다는 것이다. 안토시아닌은 비타민 C가 함께 존재할 때 항산화 효능이 극대화된다. 따라서 피로를 풀고 건강을 회복하는 데 큰 도움이 된다.

두 번째 소개할 음식은 싱싱한 봄나물이다. 봄나물은 자연이 인간에게 선물해주는 춘곤증 처방전과 같다. 공교롭게도 대부분의 봄나물 제철이 춘곤증의 피크인 3월이다. 쑥, 냉이, 달래, 씀바귀, 취나물 같은 봄나물에는 각종 비타민이 가득하며 혈액 순환, 피로회복, 면역 강화 등 수많은 효능이 있다. 봄나물은 새콤달콤 양념장에 무쳐 먹거나 뜨거운 물에 살짝 데친 뒤 초장에 찍어 먹으면 좋다. 나는 마트에서 봄나물 서너 가지를 사서 비빔밥의 재료로 삼아 비벼 먹거나, 쑥떡을 만들어 먹거나, 나물 전을 만들어 먹는 편이다.

　세번째 제철 음식은 참다랑어로, 흔히 참치라고 불린다. 사실 참치캔에 들어 있는 고기는 가다랑어로, 참다랑어가 아니다. 이름에서 알 수 있듯이, 가다랑어는 가짜 참치이고 참다랑어가 진짜 참치이다. 가다랑어는 참다랑어에 비해 질기고 느끼한 맛이 강하다. 또한 가다랑어는 쉽게 상하기 때문에 대부분 통조림처럼 캔 가공음식 재료로 사용되는 것이다. 이제 진짜 참치 이야기를 하자. 회를 좋아하는 나는 봄이 제철인 어패류 중에서 단연 참다랑어를 최고로 친다. 4월 말부터 5월 사이 참다랑어가 산란기에 접어들 때 참치 맛이 최고다. 비리지 않고 부드러우며 포함된 지방산이 고소한 풍미를 더한다. 그 어느 생선보다도 DHA, 오메가3 같은 불포화 지방산이 많이 함유되어 있어 심혈관을 튼튼하게 하고 두뇌 회전에 도움 된다. 또한 비타민 B 복합체가 많이 함유되어 있어 신진대사를 활발하게 해주니 정말 봄 제철 별미로 최고다.

여름

지구온난화의 영향일까? 여름이 갈수록 더워지고 있다. 특히 지난 2018년 여름은 역대급으로 더웠고 수많은 사람이 무기력증을 호소했다. 그뿐만 아니라 여름에는 장마와 태풍으로 불쾌지수가 높아진다. 여름에는 그 어느 때보다도 더 잘 먹고 스트레스를 잘 관리해야 하지만 날씨 탓인지 입맛은 바닥으로 떨어진다. 여름철 어떤 제철 보양식이 당신의 기력을 회복시켜줄까?

먼저 여름철 제철 과일인 수박, 참외, 토마토가 있다. 이 과일들의 특징은 수분과 미네랄이 많다는 것. 이것들을 먹으면 여름철 땀을 많이 흘리는 사람에게 수분 보충이 된다. 특히 열이 많은 사람에게 열을 내리고 안정시키는 효과도 준다. 이 중 나는 토마토를 좋아한다. 토마토는 오븐에 구워 먹으면 토마토의 풍미가 더 살아나고 모차렐라 치즈와 함께 먹거나 직접 으깨서 파스타 소스로 만들어 먹으면 정말 좋다. 한 가지 더, 매실을 추가하고 싶다. 매실은 다른 과일에 비해 많이 신 편이다. 즉, 산도가 높다. 따라서 직접 먹기보다는 매실장아찌를 만들어 먹는 게 좋은데, 자연 살균 능력이 있어 여름철 식중독이나 장염 예방에 좋다. 회를 좋아하는 일본인들이 매실장아찌_{우메보시}를 먹는 이유다.

여름철 제철 음식에는 정력에 좋다는 음식이 참으로 많다. 대표적으로 장어, 갈치, 전복이 있다. 완전 고단백 음식이며 눈에 좋은 비타민 A가 특히 많고 불포화 지방산 등 영양가가 잔뜩 들어 있어 무기력을 날려버리는 3종 세트다. 이러한 여름 제철 해산물은 기본적으로 몸을 차갑게 하는 성질이 있기에 더운 성질이 있는 부추를 함께 넣어 요리하면 느끼함이 덜하고 맛이 더 살아난다.

한편 여름철 가장 더운 복날에 삼계탕집은 사람들로 만원이다. 왜 삼계탕일까? 그것도 인삼, 약초, 마늘과 함께 우려낸 삼계탕 말이다. 삼계탕 자체가 열을 내게 하는 성질이 있는데 인삼, 약초, 마늘을 넣어 우려내니 삼계탕을 먹으면 더 열이 나는 법이다. 여기에 우리 조상의 지혜 '이열치열'의 원리가 담겨 있다. 여름철에는 땀을 많이 흘려서 내장의 열이 몸 밖으로 빠져나가 차가워진다. 우리 몸에서 온도를 감지하는 센서는 피부 쪽에 있기에 내장이 차가운지 감지하지 못한다. 따라서 여름에는 몸이 덥다고 계속 냉한 음식을 먹게 되는데 이 경우 장염, 설사를 겪을 가능성이 커진다. 그래서 가장 더운 복날에 열을 나게 하는 삼계탕을 먹는 것이다. 열을 나게 하니 시원하고 동시에 내장을 따뜻하게 해줘 몸이 건강해진다.

가을

이제 천고마비의 계절 가을이다. 가을은 제철 먹거리가 정말 다양하고 풍성하다. 과일로는 과일 끝판왕 격의 사과가 있다. '매일 아침 사과 한 개면 의사 볼 일 없다'는 영국 속담이 있을 정도로 사과는 영양가도 좋고 식이섬유가 많아 다이어트에 좋다. 나 또한 매일 아침밥 대신 사과 하나만 먹는다. 그 덕분에 몸을 가볍게 유지해왔고 좋은 컨디션을 유지할 수 있었다. 사과는 가을에 먹을 때, 새콤달콤한 맛을 가장 잘 즐길 수 있다.

가을 제철 음식으로 광어가 있다. 비린내가 없으며 단백질이 많고 지방이 적은 생선이다. 매우 쫄깃하고 식감이 좋은 광어는 회 좋아하는 사람들의 단골 메뉴이다. 또한 대하와 전어가 기다리고 있다. 가을 전국 곳곳에 '대하축제' 그리고 '전어축제'가 열리는데, 가장 가까운 축제에 꼭 가보

길 추천한다. 대하와 전어에 소금 쳐서 구워 먹는 건 정말
로 최고 중 최고, 히트다 히트! 특히 전어구이는 '집 나간
며느리도 돌아온다'는 말이 있을 정도로 정말 맛있다.

이렇게 사계절의 제철 음식에 대해서 알아보았다. 사계
절은 우리의 혀가 지루할 틈을 주지 않는다. 신은 우리가
사계절을 충분히 누리고 즐길 수 있도록 제철 음식을 선물
로 주셨다. 제철 음식만 알아도 지루한 일상이 즐거운 일들
로 가득할 것이다.

100일

어린 시절, 어머니가 중요한 일을 앞두고 100일 기도를 하는 모습을 많이 보았다. '왜 99일, 101일도 아니고 꼭 100일일까?' 하는 궁금증이 일었다. 어머니께 물었을 때, 어머니는 예전부터 100일은 지극정성을 다하는 기간으로 알려져왔다고 대답하셨다. 그래도 궁금증이 풀리지 않아 선생님께 물어봤고 선생님이 해주신 이야기가 바로 우리나라 최초의 국가 고조선 건국 신화였다.

우리 한반도에 국가가 없이 부족끼리 모여 살았던 아주 먼 옛날, 하늘의 신인 환인의 아들 환웅은 인간 세상을 내려다보면서 사람들을 다스려 돕고 싶었다. 아들의 마음을 간파한 환인은 환웅을 불러 소명을 주었다.

"인간 세상에 내려가 모든 사람을 이롭게 하도록 잘 다스리거라."

환웅은 천부인을 가지고 3천 명의 무리와 함께 태백산의 신단수에 내려왔다. 환웅은 비 신·바람 신·구름 신을 통해 사람들이 농사를 잘 짓고 살도록 도왔고, 수명·질병·형벌·선악 등 인간의 360가지 일들을 주관하며 세상을 다스렸다. 그런데 어느 날, 곰과 호랑이가 환웅을 찾아왔다.

"저희 소원 좀 들어주세요. 꼭 사람이 되고 싶습니다."

그러자 환웅은 쑥과 마늘을 주며 약속했다.

"백 일 동안 햇빛을 보지 않고 이 쑥과 마늘을 먹는다면 사람이 될 것이다."

곰과 호랑이는 동굴로 들어갔다. 얼마 후, 동굴생활과 음식이 마음에 들지 않았던 호랑이는 견디지 못하고 동굴 밖으로 뛰쳐나갔다. 하지만 삼칠일21일동안 정성을 다한 곰은 여자가 되어 '웅녀'라는 이름을 받았다. 결국 환웅과 웅녀가 결혼하여 아들을 낳으니 그 사람이 바로 '단군왕검'이다. 단군이 '세상을 널리 이롭게 한다'는 홍익인간을 기본 정신으로 삼아 우리나라 최초의 국가 고조선을 세운 것이다.

우리나라 사람들이 중요한 일을 앞두고 100일 기도하는 것의 뿌리는 바로 고조선 건국 신화에 있다. 수천 년간 우리 조상들은 '진인사대천명盡人事待天命', 즉 사람이 할 수 있는 바 최선을 다하고 그 나머지를 하늘에 맡겨 기도하는 마음으로 살았다. 그리고 중요한 일이 있을 때면 늘 100일 기도를 드렸다. 오늘날 기독교, 불교, 천주교 등 어떤 종교든 상관없이 우리나라에는 특별히 100일 기도가 있다. 이 기도는 서구 다른 나라에는 없는데, 100일간의 정성 어린 기도를 통해 신이 감동하고 은혜를 준다는 믿음이다.

2007~2008년 미국발 전 세계 금융 위기가 발생할 때, '간절히 바라면 반드시 이루어진다'는 린다 번의 책《시크릿》이 세상을 강타했다. 긍정적인 생각을 하고 믿으면, 끌어당김의 법칙에 의해 그것이 우리 삶에 나타난다는 것이다. 이 단순한 개념은 유독 우리나라 사람들에게 더 엄청난 사랑을 받았다. 그 이유는 무엇일까? 혹시 수천 년간 100일 기도를 드리며 하늘을 감동케 하며 살아간 조상의 DNA가 우리 속에 있기 때문 아니었을까? 나는 이렇게 생각한다.

100일의 기도. 많은 사람이 그것을 미신이라고 치부한다. 그런데 기억해야 할 것은 수천 년간 한반도에서 수많은 사람이 100일 기도를 드렸고 그 효용을 입에서 입으로 전수해왔다는 것이다. 100일의 기적을 경험한 수많은 사람은 이렇게 말한다.

"당신이 간절하면 반드시 하늘이 돕는다."

열 달

당신은 이 세상에 존재하는 것만으로 소중하다. 이 세상에서 당신은 유일한 존재이며 그 자체만으로 값을 매길 수 없는 가치와 존엄성을 가졌다. 너무나 당연한 사실이지만, 현실 속에 살아가면서 그리고 수많은 비교 속에서 상대적 박탈감을 느끼면서 이 사실을 망각하곤 한다.

나는 내가 얼마나 소중한 존재인지를 내 딸아이의 탄생 과정을 통해 깊이 깨닫게 되었다. 사실, 나의 어머니는 내가 어렸을 때, "내가 널 어떻게 낳았는데, 넌 내게 정말 소중한 아들이야"라고 자주 말씀하셨다. 하지만 출산의 고통이 도대체 얼마나 대단한 것인지 도무지 감을 잡을 수 없기에 그리고 남자라서 그 고통을 경험할 수도 없기에 어머니의 말뜻을 제대로 이해하지 못했다. 그냥 어머니가 내게 중요한 잔소리를 하시나 보다 하며 흘려넘기기 일쑤였다. 그런데 막상 나에게 딸이 생긴다는 소식, 바로 내가 아빠가 된다는 소식을 듣고는 주체할 수 없는 감동의 눈물을 흘렸다. 새 생명이 나의 가족에 찾아왔다는 것 자체가 얼마나 소중하고 감격스러운지를 처음으로 깨달았다.

사실, 나는 죽음을 경험했다. 나에게 첫째 자녀가 될 수 있었던 아이, '나엘'은 세상의 빛을 보지 못하고 아내의 배 속에서 숨을 거두었다. 이 죽음은 나에게 절망, 슬픔, 비관, 상실감, 헛됨, 나태함이 하나로 압축된 감정을 선사해주었다. 이 감정의 소용돌이 속에서 받은 충격으로 정말 힘든 시기를 보냈다. 하지만 나보다도 더 아파하는 아내를 보며 눈물을 참고 아내를 위로하기에 바쁜 하루를 보냈다. 죽음을 경험할 뻔한 이에게 남은 인생이 '선물'로 다가온다고 하지 않던가? 나는 유산 이후, 나라는 존재가 그리고 세상의 모든 생명체가 얼마나 소중한지를 알게 되었다. 그렇게 겸손한 마음을 가지며 하루하루 모든 것을 소중히 여기는 마음으로 최선을 다해 살아보겠노라 마음먹었다. 내가 본격적으로 책을 쓰기로 결심한 때가 바로 이때였다. 한편 이 기간에, 아내는 늘 마음에 품고 있었던 꿈인 디자인 사업을 해보기로 결심했다. 그렇게 1년을 최선을 다해 일하다 보니 새로운 생명이 또다시 우리에게 찾아왔다.

'또 유산하면 어떡하지?' 하는 두려움이 있었다. 그래서 이번에 찾아온 생명에게는 '로이'라는 태명을 붙여주었다. '주는 나의 목자시니' 했을 때 목자의 히브리어가 '로이'다. 양 새끼가 태어났을 때 목자는 그 어느 때보다도 갓 태어난 새끼를 소중히 보살핀다고 한다. 그 목자의 마음을 담아 태명을 로이라고 했다. 로이는 축복 속에서 쑥쑥 자랐다. 그리고 세상에서 들리는 말과 노랫소리에 신나게 반응을 보여주기도 했다. 마치 배 속에서 모든 것을 알고 웃고 있는 것 같았다. '로이'가 여자아이라는 사실을 초음파 검사로 알게 되었다. 그래서 나는 로이에게 사랑스러운 이름을 만들어 붙여주었다. 밝을 '예' 그리고 밝을 '서'. 세상의 밝은 빛을 보기를. 그리고 세상 속의 빛으로 밝게 살기를. 그리고 영어 이름 또한 '빛'이라는 뜻을 지닌 '엘레너'라고 지었다.

정말로 사랑받고 축복받고 태어난 당신.
당신은 꼭 특별해질 필요는 없다.
왜냐하면 이 세상에 태어나준 것 자체로도 이미 특별하니까.

드디어 아내의 출산일이 다가왔다. 예서 또한 긴장했는지 배 속에서 떨고 있는 듯, 우리는 적지 않은 진동을 느끼고 있었다. 나는 "계속 이제 곧 나올 거니까 우리 보자! 걱정 안 해도 돼" 하며 위로해주려고 했다. 진통이 시작됐다. 그런데 진통을 아무리 오래해도 아이가 나오려고 하지 않았다. 의사는 분만 유도제를 맞을 것을 권유했다. 나는 아내에게 의사를 물었다. 하지만 아내는 힘들어도 좀 더 참고 싶다고 했다. 그래도 나오지 않자, 초음파 검사를 했다. 이때 아이가 거꾸로 있다는 것을 알게 되었다. 미국에서는 초음파 검사를 많이 하지 않는다. 우리도 초음파 검사 세 번만 했을 뿐이다. 의사는 거의 직접 배를 만지고 청진기를 통해서 산모와 아이의 상태를 진단했다. 그런데 마지막 진단을 할 때, 오진을 한 것이었다.

결국, 예서는 제왕절개를 통해 태어났다. 아이도, 산모도, 아빠도 참으로 힘든 출산이었다. 이렇게 힘든 과정을 통해 아기는 결국 세상의 빛을 보았다. 지금도 그때를 추억하곤 한다. 의사의 말대로 분만 유도제를 맞았다면 아이에게 정말로 위험했을 텐데 하며 가슴을 쓸어내린다. 동시에 모든 생명의 소중함, 존엄성을 더 깊이 깨닫게 되었다. 나의 딸아이뿐만 아니라 세상 모든 아기, 어린이가 사랑스러워 보이기 시작했다.

　열 달. 세상에서 제일 소중한 자녀가 세상의 빛을 보기까지 엄마의 보금자리에서 준비하는 시간이다. 이 긴 시간을 통해 정말로 사랑받고 축복받고 태어난 당신. 당신은 꼭 특별해질 필요는 없다. 왜냐하면 이 세상에 태어나준 것 자체로도 이미 특별하니까.

당신은 이미 특별합니다!

[Year]

1년

겨울-봄-여름-가을. 계절에 따라 다채로운 자연의 모습
이 펼쳐지듯, 1년 동안 개인과 조직에는 정말로 많은 일이
일어난다. 일반적으로 기업 조직에서 일어나는 일을 이야
기하자면 다음과 같다(개인의 경우에도 이와 비슷할 것으로 생
각한다). 겨울에는 지난 3분기 동안 일어난 업무들의 장단
점을 검토하고 내년에 어떤 방법과 방향으로 업무를 수행
해나갈지 그 전략을 수립한다. 전략 수립 과정에서 보통 여
러 평가와 피드백을 통해 전략을 끊임없이 수정하고 보완
한다. 그리고 수립된 전략을 최대한 잘 반영시키고자 조직
을 정비·개편한다.

봄에는 겨울에 구축한 전략을 가지고 조직원 모두가 한 마음으로 열심히 업무를 수행한다. 봄이 끝나고 여름이 시작될 무렵, 중간 평가 기간이 있다. 업무전략 수립에 따라 잘되는 업무, 잘되지 않은 업무가 있게 마련이다. 잘되는 업무의 경우 왜 일이 잘되었는지 그 비결을 파악해서 다른 사람들이 이를 배우고 적용할 수 있게 하고, 잘 안되는 업무의 경우 역시 왜 일이 잘되지 않았는지를 분석해서 부족한 부분을 극복할 수 있도록 재정비한다.

이후 뜨거운 여름에 조직원 모두가 협력해서 열정적으로 업무를 수행하면, 곧 수확의 계절 가을이 찾아온다. 중간 평가 이후 전략을 재정비했음에도 역시 가을 성과를 평가 및 반영하는 때가 오면 훌륭한 성과를 만들어낸 업무가 있고 그렇지 않은 업무가 있게 마련이다. 가을이 끝나고 연말 겨울이 올 때마다 이곳저곳에서 들리는 소리가 있다.

"이야! 벌써 일 년이 지났다. 시간 참 빠르다!"
이 말에 이어지는 두 가지의 반응이 있다. 긍정적인 부류는 이렇게 말한다.
"지난 일 년, 참 수고 많았다. 이 기세를 이어서 내년은 더

잘해보자."

부정적인 부류는 이렇게 말한다.

"지난 일 년, 난 도대체 뭘 한 거지? 정말 왜 이리도 안 풀렸을까?"

1년의 성과를 놓고 보이는 반응에서 긍정적인 사람들과 부정적인 사람들의 차이는 어디에 있는 것일까, 나는 궁금했다. 나는 긍정적인 태도를 가진 사람들, 그중에서도 높은 성과를 보여준 사람들을 일일이 찾아가 커피 한 잔 같이하면서 질문했다. 지난 1년 동안 어떤 마인드셋마음가짐을 가지고 보냈는지, 향후 1년 동안은 또 어떤 계획으로 보낼 것인지를 말이다. 이러한 교류들을 통해서 나는 정말로 많은 인사이트를 얻었고, 1년이라는 시간을 준비하고 사용하는 데 적용해보았다. 핵심 사항을 정리하자면 다음과 같다.

첫째, 일은 잘될 수도, 잘 안될 수도 있다. 1년 동안에 시

도했던 수많은 일 중 잘된 일보다 잘 안되는 일이 더 많은
법이다. 성과에서도 20:80의 법칙이 작용한다.

둘째, 첫째를 정확하게 인지하고 있는 사람일수록 실패
에 크게 영향받지 않고 담담히 대처한다. 그리고 그들은 끊
임없이 새로운 업무를 기획하고 실행에 옮긴다. 결국 그들
은 더 많은 생각과 시도를 한 끝에 더 많은 성과를 거둔다.
신은 정직하다.

셋째, 개인의 성장에 역점을 둔다. 팀의 목표와 성과는
정말로 중요하다. 하지만 장기적으로 볼 때 더 중요한 것은
개인의 성장이다. 팀은 잘되었지만, 개인의 성장이 없다면
이것은 정말로 안 좋은 신호다. 업무를 통해서 당신의 역량
이 성장할 수 있어야 한다. 높은 성과를 거두는 사람들의
공통점은 주도적으로 개인의 성장을 위해 노력한다는 것
이다. 해가 지날수록 그들의 역량은 기하급수적으로 성장
하고 남이 범접할 수 없는 자기만의 분야가 만들어진다. 결
국 그들은 리더가 된다.

나는 1년이라는 시간을 계획하고 사용하는 데 이 세 가지

를 반드시 적용하려고 노력한다. 내가 수행한 업무 다섯 개 중 한 개는 되겠지. 열 개 중 두 개는 되겠지. 스무 개 중 네 개는 되겠지. 이런 식으로 긍정적으로 생각하고 성장의 기회가 있을 때마다 새로운 도전을 하는 편이다. 이렇게 매년 나는 성장하고 있다.

2년

2년 차 징크스에 대해서 들어본 적 있는가? 프로 스포츠에서 나온 개념으로, 데뷔 1년 차 때 엄청난 활약을 한 선수들이 2년 차가 되면 경기력이 급격하게 저하되는 징크스를 말한다. 이에 대한 원인은 분명하게 밝혀진 게 없지만 처음 너무 잘한 것만큼 계속 잘해야 한다는 부담감 때문이거나 상대방에게서 약점이 분석되어 집중 견제가 많아지기 때문이라고 생각된다. 또한 1년 차 임팩트가 너무 강렬해서 2년 차 때 정말 잘하지 않는 이상, 잘 못하는 것처럼 여겨지기 때문일 수도 있다. 2년 차 징크스는 프로 스포츠를 넘어 다양한 분야에 적용된다. 예를 들어 성공한 가수의 두 번째 앨범강남스타일 이후 젠틀맨, 블록버스터 영화의 속편트랜스포머

이후 트랜스포머: 패자의 역습, 성공한 드라마의 두 번째 시즌프리즌 브레이크 시즌 1 이후 시즌 2, 베스트셀러 작가의 두 번째 책바로 내과 같이 2년 차 징크스가 적용되는 사례가 많다.

나 역시 2년 차 징크스를 경험했다. 내가 작가로 데뷔한 책《질문지능》은 2017년 10월에 출판되어 여러 번 베스트셀러 순위에 올랐고 2018년 세종우수교양도서로 선정되었다. 《질문지능》 덕분에 국내 유명한 기업들로부터 초청되어 강연도 많이 했다.《질문지능》 성공 이후 이듬해 나는 책 두 권《노트지능》과《당신의 열정을 퍼블리쉬하라》를 연달아 출판했다. 하지만《질문지능》만큼 독창적이지도, 참신하지도 못하다는 평을 받았다. 솔직히 실망스러웠다. 직장생활을 하는 와중에 아까운 시간을 쪼개어 많은 노력을 기울였기 때문이다. 아쉬운 마음을 달래기 위해서 '2년 차 징크스'일 뿐이라고 나 자신에게 되뇌었다. 나는 2년 차 징크스를 극복한 사례를 찾아 공부하면서 꾸준히 성공할 수 있는 비결이 무엇인지 연구해보았다.

궁즉통! 궁하면 통한다고 했던가? 2년 차 징크스에 실망한 나는 베스트셀러《먹고 기도하고 사랑하라》의 저자 엘리자베스 길버트의 TED 강연을 듣게 되었다. 그녀는 사람들에게 "이 년 차 징크스요? 그런 소리는 집어치우세요!"라고 말했다. 사실 그녀는 자신의 책 《먹고 기도하고 사랑하라》가 세계적으로 대박을 터뜨린 이후 창의성의 고갈, 독자들의 높은 기대감 속에서 괴로운 나날을 보냈다. 그러던 중 2년 차 징크스를 날려버릴 중요한 단서를 고대 로마 사회의 이야기에서 찾았다.

고대 로마 문화에서는 창의성이란 인간 안에 내재된 능력이 아니라 창의적인 사람들을 찾아와서 돕는 어떤 신성한 혼이라고 여겼다. 그들은 이 신성한 혼을 '지니어스'라 불렀다. 그들은 지니어스를 집 요정처럼 여겼고 예술가가 작업할 때, 몰래 나와서 그들의 작업을 도와준다고 여겼다.

따라서 창의적인 작품이 나왔을 때, 고대 로마 사람들은 바로 지니어스가 도왔기 때문으로 여겼고, 엉터리 작품이 나왔을 때는 지니어스가 게을렀기 때문으로 여겼다. 이런 생각으로 그들은 창작의 고통과 슬럼프로부터 스스로를 보호할 수 있었다.[10]

엘리자베스는 바로 이 고대 로마인들의 사고방식을 통해서 2년 차 징크스를 날려버릴 수 있었다. 2년 차 징크스의 두려움이 들 때마다 그녀는 바로 자신을 위해서 그리고 자신의 즐거움을 위한 목적으로 꾸준히 글을 썼다. 꾸준히 글을 쓰다가 '지니어스'가 찾아오면 '땡큐!'이고, 그렇지 않아도 자신이 즐거우면 그만인 것이다.

엘리자베스를 통해 나 또한 작가로서의 2년 차 징크스를 날려버릴 수 있었다. 사실 2년 차 징크스는 내가 아닌 남이 만든 것이다. 내가 좋아하는 글쓰기를 꾸준히 할 수 있다면 그것이 책으로 출판될 때 잘되든 잘되지 않든 상관없는 일이다. 이러한 마음으로 나는 계속 글을 썼다. 이렇게 편한 마음으로 글을 쓰니 처음 《질문지능》을 썼을 때와 같은 열정이 다시 살아 숨쉬는 듯했다. 그렇게 나는 작가적 역량을 계속 키울 수 있었다.

  혹시 당신은 어떠한가? 한 번 잘한 뒤, 잘 못하면 어쩌나
하는 걱정과 두려움을 품고 있는가? 그렇다면 초점을 결과
와 타인의 평가에 두지 말고 당신 자신과 당신의 성장에 맞
춰라. 당신이 잘해온 것을 꾸준히 이어나가라. 절대로 포기
하지 말라.

4년

OECD 회원국 중 우리나라는 대학 진학률이 무려 68%로 1위를 기록하고 있다. 이는 OECD 회원국 평균 41%와 비교 시 엄청 높은 수치이다. 그만큼 우리나라에서는 사회적으로 성공하기 위해 반드시 대학을 나와야 한다는 인식이 지배적이다. 중·고등학교 통틀어 교육부가 짜놓은 시간표대로 6년을 공부하면 대학에 입학해서 대학이 짜놓은 시간표대로 4년을 더 공부해야 한다.

나는(나 또한 대학을 졸업했지만) 이게 맘에 들지 않았다. 나는 대학의 목적이 자신의 적성과 역량을 극대화하는 데 있다고 생각했고, 결국 취업을 위한 교육 과정은 진정한 대학의 본질이 아니라고 생각했다. 첫 한 학기를 마치고 한 학기 휴학을 했다. 사실 자퇴를 하려고 했지만 아버지가 극도로 반대하셔서 그럴 수는 없었다.

나의 첫 학기를 돌아보니, 대학 등록금 500만 원을 내고 여섯 과목을 들었다. 500만 원을 내며 한 학기를 공부했는데 읽은 책으로는 달랑 여섯 권의 교과서가 전부였다. 그것도 시험 범위만을 읽었다. 이것이 문제다. 이것이 진정한 공부인가? 이렇게 대학 4년을 보내면 취업은 하겠지만 지성을 갖춘 인재로 거듭나거나 영향력 있는 사람은 절대 될 수 없겠구나 생각했다.

휴학하면서 나는 전 재산 500만 원으로 하고 싶은 공부를 하겠노라 다짐했다. 평일 도서관에 출근하며 책만 읽고 내 생각을 적기 시작했다. 친구들과 놀면서도 다방면으로

이야기를 하며 지냈다. 토요일이면 출근이라도 하듯 교보문고에 가서 읽고 싶은 신간 도서를 마음껏 읽었고 좋은 책이라면 아낌없이 재산을 털어 책을 샀다. 그렇게 6개월 동안 책만 읽고 책과 대화하고 책으로 생각하며 살다 보니 읽은 책은 500권, 구입한 책은 110권이었다. 이때 형성된 독서 습관이 나의 생활 습관이 되었다.

이후 복학을 했다. 1학기 때와는 공부 자세가 완전히 달라졌다. 교수님이 말씀하는 내용의 배경이 큰 범주에서 이해되기 시작했고 시험 보기 위해서가 아니라 수업 중에나 수업 후에 교수님과 토론하기 위해 수업을 들었다. 동아리 활동으로 다양한 학과의 친구들을 사귈 수 있었고 다양한 전공 분야에 대해서 그들과 깊이 있게 이야기 나눌 수 있었다. 이렇게 4년 대학생활을 하면서 1,000권이 넘는 책을 읽었고 이를 통해 갖춘 역량은 인문학, 사회학, 경제경영학, 심리학 등 다양한 전공의 친구들과 대화가 통하는 힘이 되었다. 동시에 화학공학이라는 내 전공 분야의 언어로 세상에서 일어나는 현상을 사람들에게 설명할 수 있는 바탕이 되었다.

　내가 대학에 있는 동안 그리고 대학원에 있는 동안 NGO 지역 단계를 통해 가난한 환경의 중·고등학생들에게 수학, 영어, 과학을 가르치는 교육봉사를 했다. 박사후연수 과정에 있을 때는 한인교회를 통해 고등학생들을 멘토링했다. 내가 자주 듣던 두 가지 질문은 '대학을 꼭 가야 하는가?'와 '대학에 간다면 어떻게 잘 보낼 수 있는가?'였다.

　먼저 '대학은 꼭 가야 하는가?'라는 질문에 대해서 나는 늘 이렇게 말해줬다.

　"네가 확실한 대안이 있다면 가지 마라. 하지만 그 확실한 대안이 없다면 가는 것이 좋겠다."

　'대학에 간다면 어떻게 잘 보낼 수 있는가?'라는 질문에 대해, 먼저 공부라는 뜻이 무엇인지 내 멘티들에게 이야기해줬다. 학문이나 기술을 배우고 익힌다는 뜻의 공부工夫라는 한자는 원래 '功扶공로 공, 도울 부'이다. 다시 말해서, 공부란 무엇인가를 열심히 도와 공을 이루어낸다는 뜻! 즉, 단순히 출세하고 성공하기 위해서 하는 것이 아니라 부단히 노력하고 훈련하고 자기를 단련시킴으로써 공을 성취한다는 의미이다.

이 '공부'를 중국어로 발음하면 '쿵후'다. 공부의 본질은 소림사 승려처럼, 신체적·정신적 단련을 통해 끊임없이 성장하는 데 있는 것이다. 대학교 4년 동안 이 '공부'를 제대로 하지 않고 취업하면 진짜 '공부'를 한 사람들 앞에서 그리고 석사, 박사, 해외 인재와 같은 고수들 앞에서 기를 펴지 못하게 된다. 지름길만으로 전문성을 갖출 수는 없기에 대학 때 해야 했던 그 기초부터 다시 쌓아야 하는 슬픈 일이 벌어진다.

5년

아마 10,000시간의 법칙에 대해서 들어봤을 것이다. 10,000시간의 법칙은 베스트셀러 작가 말콤 글래드웰이 저서 《아웃라이어》에서 처음 언급한 용어이다. 어떠한 일이든 당신이 10,000시간 동안 열심히 노력하면 대단한 전문성을 갖출 수 있다는 것이다. 아인슈타인, 피카소, 모차르트, 프로이트, 비틀스 등 천재라고 칭송받았던 인물들 또한 각자의 분야에서 탁월함에 이르기까지 10,000시간 정도 집중해서 노력했다.[11]

평일 8시간을 한 가지 일에 집중한다고 했을 때, 5년 정도 노력을 기울이면 10,000시간을 채우게 된다. 그래서일까? 한 분야의 전문가가 되기 위한 박사 과정은 5년 과정이 아닌가 생각을 한다. 10,000시간의 법칙은 전 세계 수많은 사람에게 퍼져, '당신이 노력한다면 하지 못할 일이 없다'는 믿음을 주었다. 심지어 과거 선천적인 재능으로 여겨졌던 능력 또한 후천적인 노력으로 충분히 계발될 수 있다고 증명되기도 했다.

한 가지 예로 절대음감이 있다. 그동안 절대음감은 수만 명당 한 명 꼴로, 신이 준 타고난 재능으로 여겨졌다. 하지만 이를 뒤집은 실험이 있었다. 2014년 학술잡지 〈음악 심리학Pychology of Music〉에 일본 심리학자 사카키바라 아야코가 소개한 실험은, 2세에서 6세 사이의 어린이 24명을 대상으로 피아노 화음을 듣고 음계를 식별하는 교육이었다. 아이들은 하루에 30분 안팎의 음악 교육을 통해 화음을 듣고 화음을 구성하는 음들을 식별할 수 있도록 반복 학습을 하였다. 1년 정도 지속된 실험 결과, 실험에 참여한 어린이 전원 모두 절대음감을 가지게 되었다. 피아노로 음악을 연주해주면 모두가 음악을 구성하는 음들을 식별해낼 수 있었다. 절대음감이란 신이 준 타고난 재능이 아니라 학습과 노력으로 충분히 얻을 수 있는 것임이 밝혀진 거다.

인간의 뇌는 우리 상상보다 더욱더 위대한 적응력을 가지고 있다. 제한되고 고정된게 아니다. 당신이 노력하면 당신의 위대한 뇌가 탁월한 적응력을 발휘하여 그 노력에 합당한 새로운 능력을 얻게 해줄 것이다.

그럼에도 노력이 우리를 배신할 때가 있다.

"나 또한 정말로 수많은 시간을 들여서 노력했는데 왜 나는 안되는가?"

"왜 똑같은 시간을 들여 노력했는데 누군가는 더 훌륭한 결과를 만들어내는가?"

"결국 노력은 타고난 것을 이길 수 없다!"

이렇게 하소연하는 사람이 부지기수다. 왜 이런 문제가 발생하는 것일까? 왜 노력이 우리를 배신하는 것일까? 바로 이 문제에 관심을 가지고 심리학자 안데르스 에릭슨은 깊이 있게 연구했다. 그의 연구 결론은 단순하다. 문제는 10,000시간에 있는 것이 아니라 어떻게 노력을 하는지 그 전략에 있다는 것이다. 노력해도 안되는 사람은 선천적인 재능에 문제가 있어서가 아니라 노력하는 방법에 문제가 있기 때문인 것이다.[12]

어떻게 10,000시간을 적용할 것인가? 안데르스 에릭슨

은 다음 두 가지 핵심전략을 제시한다. 당신이 노력하는 것
이 무엇이든 이 두 가지 전략을 항상 숙지해두길 바란다.

첫째, 목표 의식을 가져야 한다.
세계에서 택시 운전사 시험이 가장 어려운 곳은 바로 영
국 런던이라고 한다. 택시 운전사 시험을 주관하는 런던 도
로교통공사는 택시 운전사가 되기 위해 반드시 필요한 자
질로 다음과 같이 정리해두었다.

런던 채링크로스 반경 9킬로미터 이내의 지역을 철저하
게 숙지할 것.
모든 도로, 주택단지, 공원, 야외, 백화점, 관청, 금융지, 시
청, 구청, 등기소, 병원, 종교시설, 운동경기장, 항공사, 호텔,
클럽, 극장, 영화관, 박물관, 미술관, 학교, 대학교, 경찰서, 법
원, 교도소, 관광지 위치를 정확히 숙지할 것.
해당 지점의 정확한 위치뿐만 아니라 최선의 이동 경로
를 찾고 설명할 수 있을 것.

런던 택시 운전사 지망생들은 시험 참고서에 나오는 320가
지 주행 경로들을 직접 모두 답습하면서 각 경로의 구체적

지형지물들을 모두 학습한다. 또한 각 경로의 특징을 분석해서 최단 경로를 어떻게 수립하면 좋을지 늘 궁리한다. 이 과정은 매우 힘들고 오랜 기간을 소요하기 때문에 지망생들의 50%는 중도에 포기할 정도라고 한다.

유니버시티 칼리지 런던의 신경과학자 엘레너 맥과이어는 영국 택시 운전사들의 공간 지각 능력을 분석하기 위해서, 탐색 능력 및 위치 기억을 담당하는 해마의 크기를 비교 분석했다. 그 결과, 영국 택시 운전사 지망생들이 막 훈련에 돌입할 때는 해마후위 부분이 일반인과 비교해 전혀 유의차가 없었다. 하지만 훈련의 양이 많아질수록, 그리고 택시 운전사 경력이 길어질수록, 해마후위 부분의 크기가 일반인과 비교해 엄청나게 커졌다.

더 놀라운 점은 같은 기간 버스 운전사 경력을 가진 사람들과 비교 시 런던의 택시 운전사들의 해마후위 부분이 더욱더 컸다는 것이다. 같은 기간 운전을 했지만 이 둘의 결정적인 차이는 목적의 유무에 있었다. 버스 운전사들은 한번 위치를 외우면 더 이상 최선의 이동 경로 문제에 대해서 생각할 필요가 없었다. 반면 런던의 택시 운전사들은 시시각각 변화하는 런던 도로 교통 상황을 고려하여 최적의 최단 경로를 찾아내야만 했다. 택시 운전사들은 최단 경로라는 목적을 가지고 늘 운전했기 때문에 노력할수록 엄청난 공간 지각 능력을 얻을 수 있었다.

둘째, 피드백을 받아야 한다.

거의 모든 바둑 프로기사들은 경기가 끝난 뒤에 200수나 되는 바둑 내용을 처음부터 끝까지 완벽하게 복기해낼 수 있다. 체스 그랜드마스터들 또한 체스 경기 첫 수부터 마지막 수까지 완벽하게 복기해낼 수 있다. 어떻게 이것이 가능할까? 그들이 특별한 천재들이기 때문일까?

심리학자 허버트 사이먼은 그 비결이 궁금해 다음과 같은 간단한 실험을 수행했다. 체스마스터, 체스 중급자, 체스 초보자를 모집해서 두 가지 종류의 체스판을 보여주고는 기억하게 하는 실험이었다.

첫 번째 종류의 체스판은 일반적인 체스 경기 중에서 나온 체스판으로 말들이 일정한 패턴으로 배열되었다. 두 번째 종류의 체스판은 말들을 무작위로 아무렇게나 뒤섞어놓았다. 체스마스터는 첫 번째 종류의 체스판을 3분의 2 정도 정확하게 기억해냈다. 그다음으로 중급자 그리고 초보자는 4개 정보만 기억해냈다. 하지만 두 번째 종류의 체스판을 기억하는 데서 전혀 유의차가 없었다. 모두 2~4개 정도의 말들만을 기억해냈던 것이다.

다시 질문으로 돌아가자. 어떻게 바둑 프로기사, 체스 그랜드 마스터 들은 완벽하게 복기할 수 있을까? 그들의 비결은 무작위적인 암기에 있는 것이 아니라 그들이 두었던 수의 의미와 전체적인 패턴 파악에 있다. 전체적인 맥락에서 개별 말들의 의미와 위치를 기억해내는 것이다. 이 능력이 고도화되면 바둑판, 체스판을 보고 있지 않아도 경기를 진행할 정도가 된다. 말들의 순서와 위치 그리고 그 말들이 만드는 패턴이 너무나 자연스럽게 때문이다.

그렇다면 어떻게 이러한 능력을 습득해낼 수 있을까? 간단하다. 반복된 피드백이다. 바둑 프로기사들 그리고 체스 그랜드마스터들은 수많은 경기를 수행하고 나서 항상 한 수 한 수 복기를 통해 어떤 수가 문제였는지, 어떤 수가 가장 최선의 수였는지를 연구한다. 이렇게 반복된 피드백을 가지고 10,000시간이 쌓이면 한눈으로 재빨리 판을 훑어봐도 수많은 경우의 수와 최선의 수, 상대의 강점과 약점을 정확하게 파악할 수 있게 된다.

분야만 다르지, 이러한 능력은 런던 택시 운전사들이 최단거리 경로를 찾는 것과 비슷하다. 더 나아가 스포츠, 음악, 미술, 과학 등 수많은 분야의 최고 전문가 또한 마찬가지다. 그들은 엄청난 반복 피드백을 통해서 성장했다. 한마디로 그들은 각자 자기 분야의 전체적인 패턴을 꿰뚫고 최선의 전략을 생각해낼 수 있는 사람들이다.

10년

10년이면 강산도 바뀐다고 했던가? 10년의 시간은 충분히 길어서 그 사이에 무수히 많은 일이 일어난다. 그런데 그 많은 일을 계속 관찰하면 일들이 반복적으로 돌고 도는 것을 알 수 있다. 들국화의 노래 '돌고 돌고 돌고'의 가사처럼 말이다.

'해가 뜨고 해가 지면 달이 뜨고 다시 해가 뜨고
꽃이 피고 새가 날고 움직이고 바빠지고
걷는 사람 뛰는 사람 서로 다르게 같은 시간 속에
다시 돌고- 돌고- 돌고- 돌고'

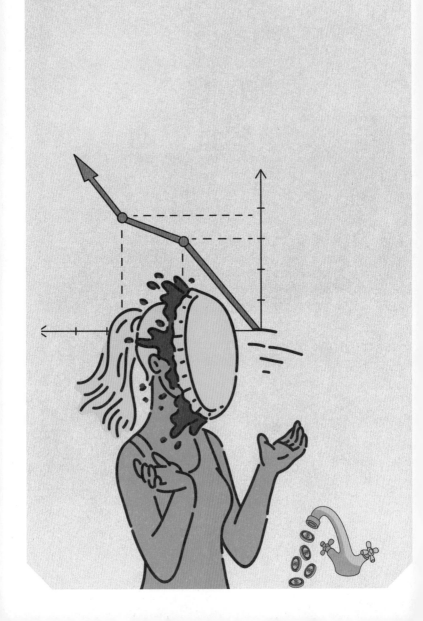

돌고 돌고 돌고 또 도는 걸 아는 것은 경제 주식투자에서 정말로 중요하다. 계속 오를 것 같은 주가는 결국 내려가고 계속 바닥을 칠 것 같은 주가도 역시 오른다. 그렇게 주식 시장은 오름과 내림을 무한 반복한다. 바로 그것을 잘 예측하고 사고팔아야 주식 시장에서 돈을 벌 수 있다.

문제는 그걸 제대로 하는 사람이 거의 없다는 것이다. 개미투자자로서 아파트 한두 채의 자본으로 주식투자를 경험한 지인들이 나를 위해 공통적으로 해주는 말이 있다.

"절대로, 절대로 주식을 하지 마라!"

이 안에는 나의 어머니도 계신다는 게 함정! 아무리 똑똑한 머리로 시장을 분석해도 주가의 미래를 정확하게 맞출 수가 없다. 주가의 미래를 예측만 잘하면 고수익이 보장된다. 하지만 그것이 쉽지 않기에 주식투자는 고위험군 투자법이다. 일확천금의 욕망을 이기지 못하고 시장에서 흐르는 뉴스나 찌라시 미끼를 물어 엄청난 돈을 투자했다가 낭패를 본 사람이 부지기수다.

예를 들어보자. 2017년, 주식 시장의 상황은 정말로 좋았다. 2017년 1월에 5억 원어치의 우량주를 사들였으면 2017년 12월에 어림잡아 20%의 이익을 남겼을 것이다.

5억 원으로 1억 원을 번 것이다. 여기에 인간의 욕심이 작동한다. 돈을 번 개미투자자들은 주식 시장이 계속 호황일 것이기에 2018년에도 계속 투자를 하기로 했다. 5억 원에 이익이 난 1억 원까지 포함해서 6억 원을 우량주에 투자했다.

하지만 2018년 주식 시장은 대폭락이었다. 손실이 -20%였다. 2017년에 20% 수익을 냈고 2018년에 -20% 손해를 보았으니 똑같은 것 아닌가 할 수 있다. 하지만 그렇지 않다. 6억의 20%는 1억 2천만 원이다. 결국 2년 만에 2천만 원을 잃은 것이다. 주변에서 돈 벌었다는 소문을 듣고 2018년에 주식투자를 시작했다면 엄청난 손해를 보았을 것이다. 개인투자자들이 2018년 1년 동안 잃은 돈이 240조 원이나 된다. 어떤가? 주식은 하면 안 되는 게 분명해 보인다.

나 또한 주식은 절대 안 해야 한다는 마음으로 살아왔지

만 주식을 정말 교양 있게 하는 사람들과 친해지면서 주식
이 안전한 투자처라는 생각을 하게 되었다. 직장생활 이후
의 삶을 준비할 투자라는 인식이 생긴 것이다. 내 주위에서
주식으로 많은 돈을 번 개인투자자들은 두 가지 부류였다.
첫째, 10년 단위로 장기투자를 하는 사람들. 둘째, 10년 단
위로 한 번 내지 두 번 오는 폭락장을 기다리는 돈 많은 사
람들. 이들의 공통점은 10년이라는 긴 호흡을 가지고 투자
를 했다는 것이다. 이 외에 경제 뉴스 및 시장 동향에 그때
그때 반응하면서 단기투자를 시도하는 사람들은 거의 다
손해만 보았다.

첫 번째 방법으로 가장 많이 돈을 번 K씨는 20년 전에
대기업에 입사한 뒤 꾸준하게 우량주와 시장 지수 추종 인
덱스펀드에 투자했다. 경기가 안 좋아서 투자금을 평소보
다 덜 넣은 때는 있지만 이미 투자한 자금을 회수하지는 않
았다. 수백을 잃어도 심지어 수천을 잃어도 팔거나 하지 않
았다. 그렇게 20년을 꾸준히 투자했다. 그 결과 총 5억 원
을 투자해 8억 원을 벌어 총 주식으로 보유한 자금이 13억
원이다. K씨는 기업을 취미로 다니는 듯 여유로워 보인다.
K씨가 해준 말이 있다. 주식투자를 투기로 생각한다면 절

대 하지 마라. 그것은 진짜 투기다. 좋은 우량 기업, 가치 있다고 여기는 기업이 있다면 10년을 밀어줄 생각으로 장기투자하라는 것이다. 신기하게도 대부분의 우량주는 10년이 지나면 기업의 가치는 2배 이상이 되고 이것이 반영되어 주가도 2배 이상 오른다.

두 번째 방법으로 가장 많이 돈을 번 L씨는 먼저 악착같이 돈을 저금하라고 말했다. 돈이 없을 때 사람들이 돈을 빨리 벌고 싶어서 주식투자를 한다고 한다. 그래서 개인투자자 중 돈이 별로 없는 사람이 대부분이고 욕심만 앞서다 손해를 본다는 것이다. L씨는 쓸데없이 잘 모르는 변동성 강한 주식 시장에 참견하지 말고 예금이나 적금을 최대한 활용하라고 말했다. 그렇게 돈을 아끼고 모으면서 10년 정도에 한두 번 정도 반드시 오는 최악의 경기 침체를 기다리는 것이다.

1997년 IMF, 2000년 닷컴 붕괴, 2007년 미국 부동산 버블 붕괴, 2018년 미중무역전쟁과 같은 큼지막한 경기 침체를 기다리는 것이다. 그렇게 기다리다 보면 어느 순간 외국인 투자 자본이 저평가된 값싼 우량주를 사기 위해서 그리고 환율변동을 노린 환투기를 하기 위해 찾아오는 때가 있

다. 그때 맞춰 몇 년을 모은 자본으로 투자하고, 외국인 투자 자본이 떠나갈 때 맞춰 회수하고 주식 시장을 잊어버리는 것이다. L씨는 말한다. 10년에 한 번씩 돈 벌 기회가 누구에게나 공평하게 주어진다고!

나는 이 두 가지 모델을 응용해서 주식투자를 하고 있다. 앞으로 50년을 더 산다면 내가 축적한 부를 기하급수적으로 증식시킬 기회, 곧 부자가 될 기회가 내게 최소 다섯 번은 찾아올 것이기에 전혀 조급함 없이 느긋하게 투자하는 중이다.

20년

어린 시절부터 나의 아버지는 인생에는 때가 있다고 하셨다. 누구를 만나고, 무엇을 하고, 어디에 있고 또한 중요하지만 가장 중요한 것은 바로 '시간'이라고 말씀하셨다. 스무 살 대학생이 되었을 때 아버지는 어떻게 남은 인생을 10년 단위로 쪼갤 수 있을지, 각각의 10년은 무엇을 하기 좋은지, 그렇게 했을 경우 나는 어떻게 살게 될지에 대해서 그 인생의 기본과 교훈을 전수해주셨다.

아버지의 교훈은 유교에 바탕을 두고 있다. 유교 경전의 하나인 《예기禮記》〈곡례편〉에는 '20세는 약弱이나 갓을 쓴다'고 했다. 그래서 20대를 약관弱冠의 나이라고 부른다. 약관의 의미를 다시 살펴보면, 관冠을 쓴다는 건 곧 어른이 되었다는 의미다. 하지만 아직 약弱하다. 사회성, 전문성, 재정력 등 모든 측면에서 연약할 뿐이다. 아버지는 이렇게 말씀하셨다.

"하지만 사회는 이십 대의 네가 연약하다고 욕하지는 않는다. 네가 연약한 게 당연하기 때문이다. 따라서 사회적 용납 속에서 최대한 많이 도전하여 너만의 칼을 갈고닦아야 해. 그런데 삼십 대 때도 이러고 있으면 그때는 욕먹는다!"

아버지의 말씀은 나의 20대를 관통하여 내가 노력하는 것들의 방향을 잡아주었다. 아직은 연약하지만 정말로 노력해서 내가 갖추어야 할 칼, 곧 역량은 무엇인가? 이 질문을 던지고 수많은 오답을 지워내면서 내가 원하는 답을 찾고자 노력했다. 계속 질문을 던지고 생각한 끝에 찾은 나의 답은 '표면 코팅 분야'에서 전문성을 갖추는 것이었다.

이를 위해서 여러 기업의 오퍼를 포기하고 대학원에 갔

다. 카이스트 '자연모방나노물질 연구실'이 내가 간 곳이
다. 이곳에서 5년을 석사, 박사과정생으로 보내는 동안 정
말로 어려웠다. 엄청난 연구 레퍼런스를 읽고 이해하는
것, 나만의 연구 아이디어를 찾는 것, 그 아이디어를 증명
하고자 실험을 설계하는 것, 그리고 사람들 앞에서 발표하
고 그걸 논문의 형태로 보고하는 것, 그 모든 일을 내 힘으
로 해야 하는 게 정말로 어려웠다. 처음에는 교수님이 많이
도와주셨지만, "계속 다 도와주면 너를 망치게 된다. 이제
는 네가 스스로 해내야 한다"면서 격려만 하셨다. 정말 힘
들었다.

　하지만 결국 내 힘으로 해냈다. 혼자서 논문을 쓸 수 있게
되었고 혼자서 나만의 아이디어를 세워서 이를 증명해낼
힘을 갖추게 되었다. 그렇게 '표면 코팅 분야'의 전문성을
갖추었다. 왜 연꽃잎에 먼지가 달라붙지 않고 물이 굴러떨
어지는지, 왜 칠면조의 얼굴색이 기분에 따라서 움직일 때
마다 바뀌는 것인지, 왜 홍합과 따개비는 물속에서도 강한
접착성을 띠는지, 왜 게코 도마뱀은 스파이더맨처럼 벽을
타고 걸을 수 있는지, 왜 담쟁이덩굴은 벽 전체를 타고 올
라가면서 유리창을 피하는지, 왜 거대한 상어의 물속 저항은

무시할 만큼 작은지 등등 자연에서 존재하는 표면 코팅 분야의 현상을 설명할 수 있게 되었다.

나만의 전문성을 갖추는 20대 과정 중 힘들 때마다 아버지의 말씀을 상기했다.

"칼을 가는 것, 역량을 갖추는 건 곧 열쇠를 만드는 것 같아서 열쇠를 한번 잘 만들어놓으면 그 열쇠를 가지고 큰 세상의 문을 열 수 있다."

결국 20대 동안 표면 코팅 역량을 잘 갈고닦은 덕에, 그것으로 직업을 얻어 반도체라는 고부가가치 제품에 존재하는 표면 품질 이슈를 나의 역량을 기반으로 해결하고 있다.

20대는 정말로 부족한 것이 많은 나이다. 하지만 어느 때보다도 자기만의 전문성과 역량을 갈고닦는 데 기회가 많은 시기다. 찾고자 하는 자에게, 도전하고자 하는 자에게 그 기회는 반드시 온다.

10,000시간의 법칙이 반드시 이루어져야 하는
최적의 시기가 바로 20대다.

30년

20년의 인생 '약관'에 이어 아버지는 30년의 인생 '이립而立'에 대해 알려주셨다. 이립을 다른 말로 하면 '홀로서기'다. 이 말은 공자의 《논어論語》에서 나온 말로, 공자가 말하기를 '나는 15세에 학문에 뜻을 두었고, 30에 확고히 섰고, 40에 의혹되지 않고불혹, 不惑, 50에 천명을 알았고지천명, 知天命, 60에 귀가 순해졌고이순, 耳順, 70에 마음이 하고 싶은 바를 따르더라도 법도에 어긋나지 않았다고희, 古稀'라고 했다.

아버지는 홀로서기를 위해서 필요한 것은 20대에 갈고 닦은 칼, 곧 나의 역량이라고 하셨다. 도움과 보호 속에서 갈고닦은 그 역량을, 30대에 누구의 도움과 보호 없이도,

세상에서 발휘해야 한다는 것이다. 치열한 경쟁의 세상 속에서 역량이 증명될 때, 그것으로 다른 사람의 필요를 채워줄 수 있을 때 비로소 자기 자신과 가족 그리고 자신이 책임지는 조직과 기관을 부양할 힘이 발생한다.

박사과정을 마치고 30대가 된 나는 나의 '표면 코팅' 전문성으로 내가 세상에 어떠한 영향력을 끼칠 수 있을지 궁금했다. 그래서 미국 박사후연수과정으로 미시간대학교 재료공학과에 지원해서 3년간 일했다. 내가 맡은 일들 중 주요 프로젝트는 자동차 특수 코팅제물, 알코올, 기름 등을 흘려도 전혀 젖지 않는 특수 코팅 개발과 미 해군 잠수함 표면 코팅물속 저항력을 최소화시켜 에너지 효율을 끌어올리는 기술개발이었다.

3년간 우수한 인력들과 교류하며 열심히 일한 결과, 나의 역량에 따른 기술 개발 프로젝트 성공을 경험했다. 그리고 치열한 세상 어디에 나를 가져다놓아도 나의 전문성을 통해서 정말 '이립'할 수 있음을 확신하게 되었다. 박사후 연수과정을 마칠 때쯤, 지방대학 교수 오퍼와 S전자 오퍼를 동시에 받았다. 결국 나는 S전자 쪽으로 다음 행선지를 잡았다. 그 이유는 다음과 같았다.

우리나라에서 1년 동안 100조 원 이상의 매출을 거두는 초부가가치 제품은 디램DRAM이나 플래시메모리Flash Memory 반도체이다. 그런데 메모리반도체 대부분의 불량Defect 원인은 결국 표면이나 코팅 분야에 있겠다는 생각이 들었다. 그래서 내가 '표면 코팅' 역량으로 메모리반도체 수율의 몇 %만 개선할 수 있어도 기업과 사회 전체적으로 엄청난 부가가치를 창출할 수 있겠다는 확신이 섰다. 또한 이 과정을 경험함으로써 향후 퇴사 이후의 내 인생에 큰 도움이 될 '품질관리와 기업경영 원리'에 대해서 깊이 있게 배울 수 있겠다고 생각했다. 행선지를 정한 나는 계속 일을 즐기며 하고 있다.

아버지는 이립의 나이 때는, 아무리 사람들의 시선과 평가가 두려워도 자신의 역량으로 담대히 홀로서기 해야 한다고 하셨다. 그 이유는 향후 20년이 결정되기 때문이다. 인생의 평균 절반인 40년을 의혹에 흔들리지 않는다 하여 '불혹'이라 하는데 40년이 되어 흔들릴지 아니면 흔들리지 않을지는 30대에 어떻게 이립했는지가 결정한다는 것이다. 아버지는 30대에 부단히 노력하여 나의 역량을 세상에

증명할 수만 있다면, 불혹을 경험할 뿐만 아니라 인생의 전
성기를 경험하게 될 것이라고 축복해주셨다. 나는 그 말씀
을 믿고 계속 기다리며 일하고 있다.

50년

아버지의 인생 강의는 인생 50년을 뜻하는 '지천명'까지 이어졌다. 그 이후에 대해서 아버지가 말씀하지 않았던 것은 아직 60년 이후의 삶을 살아보지 않았기 때문이요, 20대에서 50대까지의 삶이 인생의 제일 중요한 시기라고 생각하셨기 때문이다(아버지와 나는 거의 서른아홉 살 차이로 내가 스무 살 때 아버지가 이 말씀을 하셨다).

지천명은 하늘의 뜻을 아는 것이다. 인생의 소명, 인생의 목적을 아는 것이다. 지천명에 대한 나의 반응은 다음과 같았다.

'인생의 소명과 목적은 20대 때에도 알 수 있는 것 아닌

가? 왜 굳이 늦은 50대서야 하늘의 뜻을 아는 걸까?'

여기서 인생의 선배인 아버지의 지혜가 돋보이기 시작했다.

아버지는 먼저 능동과 피동에 대해서 말씀하셨다. 능동은 내가 무엇을 '하는 것'이고 피동은 내가 무엇을 '하게 되는 것'이다. 20대~40대의 목표들은 내가 무엇을 할지 정하는 능동 목표인 것이고, 지천명의 목표는 어떠한 내가 무엇을 하게 되는 목표다. 따라서 지천명의 소명과 목적은 내가 정하는 것이 아니라 내가 받아들이고 순응하는 목표이다.

두 번째로 아버지는 운에 대해서 말씀하셨다. '운칠기삼運七技三'이란 운이 7할이고 재능과 노력이 3할이라는 말로, 우리가 인생을 살아가면서 일어나는 일의 성패는 노력보다는 운에 더 달려 있다는 의미이다. 젊을 때는 정말로 역량을 갖추면 그리고 열심히 노력하면 하지 못할 일이 없겠다는 마음을 갖게 된다. 하지만 그렇게 모든 일을 해내는 사람은 거의 없다. 정말로 운 좋은 경우가 아니면 말이다. 그나마 재능과 노력을 해야 7할의 운이 유지되는 것이다. 재능과 노력도 기울이지 않으면 운을 거둘 확률이 확 줄어든다. 운을 통해 아버지가 말씀하고자 하는 점은 나의 능력으로 할 수 없는 것에 대한 한계를 인식하라는 거다.

세 번째로 아버지는 한계에 대해서 말씀하셨다. 나의 한계를 깨닫는다는 말이 부정적으로 들리겠지만 사실 긍정적인 효과를 가지고 있다. 나의 한계를 알 때, 나는 그 한계 속에서 안정과 동시에 자유로움을 누릴 수 있다. 50대가 되어서도 한계를 모르고 이상적인 목표를 가지고 살다 보면 첫째, 자신이 이룰 수 없는 것들에 대한 실망감으로 괴롭고 둘째, 끝없는 움직임 속에도 자신과 가족을 괴롭게 한다는 것이다. 육아할 때, 건강하고 안정적으로 키우는 데 필요한 게 '루틴'인 것과 같다. 매일의 습관이 없으면 아이들은 혼란스러워하고 정서적으로 건강하지 못하다. 부모가 적당한 규칙을 세워주고 그 규칙을 지키는 선에서 아이들 마음대로 놀게 해줄 때 자녀는 정말로 자유로움을 누릴 수 있는 것이다.

결국 아버지가 생각하는 지천명의 50년! 핵심은 첫째, 자신의 운과 한계를 인정하고 겸손한 마음으로 살아가는 것이고 둘째, 그럼에도 자신이 할 수 있는 역량을 통해 세상

을 이롭게 할 몇 가지 일에 최선을 다하는 것이다. 그것이
하늘의 소명을 알고 살아가는 것이다.

　내가 50대를 경험하려면 15년이 남았다. 하지만 나는 '작
은 지천명'을 실천하고 있다. 나에게 무한한 잠재력이 있다
고는 생각하지 않는다. 그럼 인생 참 피곤해질 것이기 때문

이다. 나에게는 유한한 잠재력이 있다. 그리고 나에게는 적당한 한계와 위치가 있을 것이다. 이러한 생각은 내가 속한 회사가 다른 사람들을 넘어 최고 1등이 되어야 한다는 생각을 버리게 해주었다. 어차피 내 소유의 회사가 아니라 언젠가 이별할 것이기에 내가 몸담고 있는 동안, 내가 해낼 수 있는 역량의 한계 속에서 사람들을 열심히 도우며 육체적으로 정신적으로 건강하게 일하려 애쓰고 있다. 그럼에도 1등이 된다면 그것은 절대로 내 노력 때문이 아니라 그냥 운이 좋았던 것이다. 이처럼 나는 겸손하게 맘 편히 살아가고 있다.

75년

75년 이상을 사는 모든 사람에게 자연은 아름다운 선물 하나를 준다. 그것은 바로 저 높은 하늘에 혜성처럼 등장하는 '핼리 혜성'이다. 이것은 에드먼드 핼리라는 천문학자 이름을 딴 혜성으로, 1682년 그가 27세가 되었을 때, 인생 처음으로 그 혜성을 보았고 아름다움을 느꼈다. 핼리는 아이작 뉴턴의 친한 친구였다. 그는 은둔형 천재 청년이었던 뉴턴의 생각을 잘 이해했고 뉴턴이 《프린키피아 Principia, 원제는 자연철학의 수학적 원리로 만유인력의 원리를 처음으로 세상에 알린 책》를 출판할 수 있도록 설득하고 도왔다.

뉴턴의 역학을 알고 있는 핼리는 그가 보았던 혜성이 주기적으로 지구와 태양을 찾아온다는 생각을 하게 되었고 옛날 자료를 샅샅이 살폈다. 그리고 일정한 주기가 있는 혜성을 발견했다. 1456년, 1531년, 1607년, 1682년에 발견되었던 혜성은 75~76년마다 반복적으로 관측되었고, 기록된 궤도 또한 매우 비슷했다. 핼리는 그 혜성이 동일한 것임을 확신했고, 1758~1759년에 다시 지구에 온다는 예측을 했다. 핼리가 죽은 1759년에 그 혜성이 실제로 나타나자 사람들은 그를 기리며 핼리 혜성이라 이름 붙였다.

혜성이란 사람들이 도저히 예측할 수 없는 불가사의한 천체로 여겨졌다. 수천 년간 인류는 태양·달·별자리들의 규칙적인 운동과 주기에 대해서 정확하게 이해하고 있었지만, 갑자기 나타난 혜성의 불규칙한 운동과 알 수 없는 주기를 두고 큰 혼란이 생겼다. 사람들은 저마다 혜성을 자신 또는 나라의 운명과 결부해 자의적으로 해석했다. 핼리 혜성은 평생에 한 번 볼 수 있으니 더더욱 그러했다. 어떤 사람들은 나라의 운이 끝났다고 새로운 왕이 출현할 것이라 믿었고, 어떤 사람들은 반란 또는 혁명이 일어날 징조이니 그 싹을 잘라내야 한다고 믿었다.

예컨대 1453년 계유정난을 일으켜 김종서를 비롯한 반

대파를 모조리 학살, 조카 단종으로부터 권력을 찬탈했던 세조수양대군는 1456년 핼리 혜성을 보게 된다. 그는 이를 반란의 징조로 보았고 자신을 반대할 가능성이 있는 사람들을 예의 주시했다. 한편 같은 해 사육신성삼문, 하위지, 박팽년, 유응부, 이개, 유성원은 핼리 혜성을 세조를 죽이고 단종을 복위시키라는 혁명의 의미로 받아들였다. 아쉽게도 사육신의 계획은 세조에게 발각되었고 그 결과 사육신 및 관련자 800여 명은 처형 및 학살당했다. 한편, 핼리 혜성을 착하게 해석한 왕도 있다. 989년 고려 성종은 혜성이 하늘에 등장하자, 사람들에게 사면령을 선포했다. 그리고 스스로 잘못을 뉘우치고 백성들에게 선정을 베풀었다. 그 결과 불길한 재앙은 일어나지 않았다고 한다.

1910년 정치적으로 혼란스러웠던 유럽. 사람들은 하늘에 등장한 핼리 혜성을 두고 세상의 종말을 예측했다. 안타깝게도 종말론을 믿었던 수많은 사람이 자살이라는 극단적인 선택을 했다. 사람들은 생각한 대로, 믿는 대로 행동한다. 혜성을 두고 어떻게 생각하고 받아들이는가에 따라 거기에 맞는 행동이 나타났다. 그런데 생각과 믿음은 마음에서 비롯되는 것이다. 착한 사람은 혜성을 선행을 도모하는 의미로 생각했고, 나쁜 사람은 악행을 도모하는 의미로 생각했다.

1986년 내 부모님은 처음으로 핼리 혜성을 보셨다. 당시 어머니는 나를 임신하고 있었다. 생활 형편은 어려웠고 어머니는 몸이 편찮으셨다. 하지만 부모님 마음은 행복했다. 부모님은 핼리 혜성을 신이 준 선물이라는 의미로 받아들였고, 은혜의 선물과 같은 나를 배 속에서부터 축복해주셨다. 그리고 아버지는 우리를 부양하기 위해 늘 최선을 다하면서 나에게 성실이라는 게 무엇인지 몸소 보여주셨다.

핼리 혜성은 2061년 7월에 다시 찾아올 것이다. 그때 당신은 몇 살인가? 그때 당신은 무엇을 하고 있을까? 그때가 되면 역사 속의 수많은 사람이 그랬듯, 당신은 삶의 의미나 운명과 연관 지어 핼리 혜성을 해석하려 할 것이다. 당신은 핼리 혜성이 어떤 의미로 찾아오길 희망하는가? 그것은 지금 당신의 마음에 달려 있다.

평생

우리나라 남녀 평균 수명은 82년이라고 한다. 길다면 길고 짧다면 짧다고 할 시간이다. 그런데 마흔 살이 넘은 사람들에게 물어보면 대부분 82년은 정말로 짧은 시간이라고 여긴다. 돌아가신 내 할머니도, 그리고 사랑하는 내 어머니도 "어린 시절이 엊그제 같은데 이렇게 늙었구나"라는 표현을 자주 하셨다. 평생은 바로 당신에게 딱 한 번 주어진다. 두 번은 없다. '윤회'를 주장하는 사람이 있어도 지금 평생은 '딱 한 번'이다. 왜냐하면 윤회하여 다시 태어난다 해도 지금 당신이 살고 있는 삶을 모를 것이기 때문이다. 그래서 딱 한 번밖에 없는 평생이라는 시간은 세상 그 어떠한 것보다도 더 소중하다.

"천국에 가고 싶어요"라고 고백하는 사람들조차 그곳에 가기 위해 죽기를 원하지 않는다. 평생이라는 시간이 정말로 아깝고 소중하기 때문이다. 그렇지만 언젠간 우리 모두 죽음을 숙명으로 받아들여야 한다. 스티브 잡스는 말했다.

"죽음은 삶이 만든 최고의 발명이다."

인간에게 죽음은 숙명이다. 시간은 한정되어 있다. 따라서 유한한 시간을 가치 있게 보내길 원하는 사람들에 의해 언제나 오래된 것은 더 가치 있는 새로운 것으로 대체되었고, 이전 세대는 더 좋은 것을 다음 세대에 물려주었다. 사랑하는 자식들에게 유산을 물려주는 것도 마찬가지이다.

평범한 직장인이던 호주의 여성 브로니 웨어는 사람들을 돌보는 것을 자신의 천직으로 여기고 호스피스 전문 간호사가 되었다. 호스피스 간호사란 죽음을 앞둔 말기 암 환자가 편안하게 죽음을 맞을 수 있도록 옆에서 돕는 역할을 하는 존재다. 그녀는 정성으로 말기 암 환자들을 돌보았다. 그녀는 정말 소중한 환자들의 시간을 함께 공유하며 그들과 마음을 열고 대화했다. 그리고 그녀는 임종을 앞둔 사람들의 마지막 말들을 옮겨 적었다. 그렇게 해서 세상에 나온 책이 《내가 원하는 삶을 살았더라면》이다. 그 다섯 가지는

다음과 같다.[13]

1 다른 사람이 기대하는 삶이 아니라 내 자신에게 좀 더 솔직한 삶을 사는 용기가 필요했다.

2 그렇게 너무 열심히 살 필요는 없었다.

3 내 감정을 있는 그대로 표현하는 용기가 필요했다.

4 친구들과 좀 더 자주 만났어야 했다.

5 내 자신이 좀 더 행복해지려고 노력했어야 한다.

청년 시절의 내 아버지는 매우 가난했지만 책을 정말 좋아했다. 특히 역사책을 많이 읽었고, 동서양의 역사를 꿰뚫어 이야기할 능력이 있었다. 내가 어릴 때, 아버지는 고대사, 근현대사 이야기를 많이 해주셨다. 아버지의 역사 이야기를 듣고 있노라면, 한가지 특징이 있었는데 인물 중심으로 역사 이야기가 흘러가는 것이었다. 아버지는 역사란 결국 사람을 통해서 이루어진다고 말씀했다. 또한 아버지는 역사와 인물 이야기를 하면서 늘 한 가지를 강조하셨다. 그것은 아무리 대단한 인간이라도 시간이 지나면 역사의 한 문장이 된다는 것이다.

사람들은 그 한 문장으로 한 인간을 기억한다. 따라서 인생은 길게 봐야 하는 것이며, 삶의 중요한 목적과 의미를 가지고 겸손하게 살아야 한다는 것이다. 유관순은 삼일운동 중 천안 아우내 만세운동을 이끈 독립 운동가로 영원히 기억될 것이다. 반면 이완용은 부귀영화를 다 누렸지만 친일반민족 행위자, 최고 매국노로 영원히 기억될 것이다.

당신은 어떤가? 인생은 한 번뿐이다. 그리고 당신의 한 번뿐인 인생 또한 역사의 한 문장이 된다. 이것이 허무하다고 생각할 수 있지만 긍정적으로 생각할 수도 있다. 후대에 당신의 인생이 한 문장으로 기록된다면, 당신은 그것이 무엇이길 원하는가? 그 한 문장은 무엇인가?

나, _____ 은/는 _____ 다.

Epilogue

시간의 연결을 알면 답이 보인다

30년 전 나는 어머니 품이 제일 좋았던 아이였고, 20년 전 나는 국가대표를 꿈꾸는 축구부 선수였다. 10년 전 나는 책에 푹 빠져 나의 언어로 세상을 이해하려고 노력했던 청년이었고, 지금의 나는 우리나라 사람들에게 가치 있는 글을 전하기 위해 노력하는 작가 그리고 가치 있는 반도체 제품을 만들기 위해 노력하는 직장인으로 살아간다. 시간은 언제나 내 삶에 절대적인 영향력을 미치고 있다. 시간이 달라짐으로써 나의 모습은 변해왔고 앞으로도 그럴 것이다. 이것이 당연한 것은 본질적으로 우리가 4차원 시공간에서 존재하기 때문이다.

공간을 떠나서 내가 존재할 수 없듯이, 시간을 떠나서도 존재할 수 없다. 우리는 늘 시간의 영향 속에서 살아가며 시간은 우리의 정체성을 형성한다. 지금 흐르는 시간 속에서 나는 '나'로서 살아가고 있고, 지금 흐르는 시대 속에서 자랑스러운 '대한민국 사람'으로서 살아가고 있는 것처럼 말이다. 모든 것은 시간 속에 존재하며, 모든 것에 영향을 주는 시간은 다채로운 길이를 가지고 있으며, 서로 다른 길이를 가진 시간은 모두 연결되어 있다.

《걱정 마, 시간이 해결해줄 거야》에서 다루었던 시간을 나열해보자.

1초, 2초, 3초, 4초, 5초, 10초
1분, 10분, 15분, 30분, 45분
1시간, 2시간, 8시간
하루, 5일, 7일
한 달, 40일, 67일, 세 달, 100일, 열 달
1년, 2년, 4년, 5년
10년, 20년, 30년, 50년, 75년
평생

나는 '1초'에서 시작해서 '평생'으로 이 책을 마무리했다. 이를 통해 1초라는 작은 순간들이 쌓이고 연결되어 소중한 인생이 이루어진다는 것, 모두에게 공평하게 주어진 시간을 대하는 태도에 따라 인생이 달라진다는 것을 전하고자 했다. 또한 나는 1초에서 평생이 되기까지 다양한 길이와 주기를 가진 시간들이 어떤 의미를 가지며 어떻게 서로 연결되어 있는지를 보여주려 노력했다. 이를 통해 나는 삶을 짧게만 바라보는 것이 아니라 길게 그리고 멀리 바라보며, 언제나 조급해하지 않으며 여유롭고도 통찰력 있게 인생을 살아갈 필요가 있음을 전하고자 했다.

나는 모든 분야에서 성공하기 전에 성장해야 한다고 생각한다. 성장 없이 성공하면 결국 든든한 지지 기반이 없어서 무너지기 때문이다. 그런데 성장을 하기 위해서는 시간이 걸린다는 것을 기억해야 한다. 보통 사람들은 빨리 성공하려고 한다. 늘 조급하다. 그래서 당장의 성공 여부에 일희일비할 뿐, 시간의 여유를 가지고 꾸준히 성장해서 장기적으로 크게 성공하려고 하지 않는다.

이 책을 읽은 모든 이가 시간을 길게 그리고 멀리 조망할

눈을 가지길 희망한다. 목표가 멀리 있다고 느껴질 때, 당장 일이 잘 풀리지 않을 때, 우선순위가 높지 않은 일들에 일희일비하고 있을 때, 성급히 일을 마무리하고 싶은 충동이 들 때, "걱정 마, 시간이 해결해줄 거야!"라고 외치길 바란다. 그리고 충분한 시간의 여유와 긴 호흡을 가지고 묵묵히 성장해 나아가, 결국 굳건하고 위대한 성공을 얻길 희망한다.

이 책이 출간되기까지 감사한 분이 많다. 먼저 시간의 의미에 대해 생각하며 성장할 수 있도록 도우신 아버지와 일관성 있는 사랑으로 나를 키워내신 어머니께 감사하다. 그리고 필연으로 만나 평생이라는 시간을 함께 걷고 있는 아내와 이 평생을 완주하는 우리의 모습을 바라볼 나의 자녀들에게 감사하다.

나의 원고에 늘 관심을 가지고 검토해주며, 여러 번 출간의 기회를 제공해준 다연출판사 대표님 이하 식구들께 감사의 마음을 전한다.

평일 중 가장 많은 시간을 함께 보내며 나의 성장을 응원해주고 나의 부족한 역량에 존중으로 대해주는 S전자 메모리사업부 동료들께도 감사하다는 말씀 전한다.

늘 좋은 피드백과 응원의 메시지를 보내주시는 나의 독자님들과 브런치, SNS 구독자님들께도 감사의 인사를 올린다.

이 모든 소중한 분들과 같은 시간 속에서 함께 살아갈 수 있다는 것이 정말로 감사하다.

참고 문헌

1 https://www.omnicalculator.com/other/every-second

2 Peter Bregman, "Four Seconds: All the Time You Need to Replace Counter-Productive Habits with Ones That Really Work", HarperOne, 2015

3 맬 로빈스, 《5초의 법칙》, 한빛비즈, 2017

4 아이작 유, 《질문지능》, 다연, 2017

5 https://content.dollarshaveclub.com/sitting-toilet-long-will-wreck-butt

6 아이작 유, 《노트지능》, 비전코리아, 2018

7 제이크 냅, 존 제라츠키, 브레이든 코위츠, 《스프린트》, 김영사, 2016

8 맷 커츠, https://www.ted.com/talks/matt_cutts_try_something_new_for_30_days/transcript?language=ko#t-82892

9 찰스 두히그, 《습관의 힘》, 갤리온, 2012

10 아이작 유, 《당신의 열정을 퍼블리쉬하라!》, 꿈공장플러스, 2018

11 말콤 글래드웰, 《아웃라이어》, 김영사, 2009

12 안데르스 에릭슨, 로버트 풀, 《10,000시간의 재발견》, 비즈니스북스, 2016

13 오츠 슈이치, 《죽을 때 후회하는 스물다섯 가지》, 21세기북스, 2011

걱정 마, 시간이 해결해줄 거야

초판 1쇄 인쇄 2019년 9월 25일
초판 1쇄 발행 2019년 10월 7일

지은이 | 아이작 유
펴낸이 | 전영화
펴낸곳 | 다연
주 소 | 경기도 고양시 덕양구 은빛로 41, 502호
전 화 | 070-8700-8767
팩 스 | 031-814-8769
이메일 | dayeonbook@naver.com
편 집 | 미토스
본 문 | 디자인 [연:우]
표 지 | 페이퍼마임

ISBN 979-11-87962-77-9 (03810)

이 도서의 국립중앙도서관 출판예정 도서목록(CIP)은 서지정보유통지원시스템 홈페이지
(http://seoji.nl.go.kr)와 국가자료 공동목록시스템(http://www.nl.go.kr/kolisnet)에서
이용하실 수 있습니다. (CIP제어번호: CIP2019037967)